조선의
아들

지식공감 도서출판

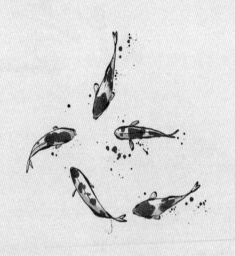

문학적 즐거움이든, 역사 지식이든, 역사적 교훈이든 독자들이
이 책을 통하여 뭔가를 얻는다면 작가로서 더 바랄 게 없을 것이다.
이 책 한 권이 독자들에게 작은 기쁨이 되길 바라며 시곗바늘을
병자호란의 그 시절로 돌려본다.

▍차례

■ 과거 합격을 꿈꾸는 소년 … 009

■ 얼어붙은 압록강 … 023

■ 가슴에 못 박히는 한(恨) … 031

■ 남한산성으로 … 051

■ 삼각산 전투 … 071

■ 끝을 향하는 전쟁 … 089

■ 심양에서의 생활 … 127

■ 새로운 세상 … 153

■ 다시 밟는 조선 땅 … 177

■ 그 후 … 213

등장인물 소개 … 216

과거 합격을 꿈꾸는 소년

성인 남자 대여섯 명만 모여도 꽉 차 보일 만한 작은 방에서 수염이 희끗희끗한 노인과 이제 열서넛을 갓 넘었을 것 같은, 막 소년 티를 벗은 듯한 남자아이가 탁자 하나를 사이에 두고 마주 앉아 있었습니다. 노인은 자신 앞에 놓여 있는 탁자에 한 팔을 괸 채 앉아 있었습니다. 무더운 여름이라 노인은 다른 한 손엔 부채를 들고 자신의 얼굴을 향해 느릿느릿 흔들고 있었습니다. 소년은 그렇게 더우면서 머리의 갓은 왜 벗지 않는지 궁금했습니다. 그렇다고 물어볼 생각은 하지 않았습니다. 괜히 훈장님의 심기를 건드렸다간 좋을 게 없다는 걸 잘 알고 있었기 때문입니다.

"그래, 한번 읊어 보거라."

훈장의 명령에 소년은 심호흡을 크게 한 번 하고, 방금 팔 빠지게 적어 놓은 천자문을 바라보며 처음부터 외우기 시작했습니다. 쉬는 시간을 조금도 주시지 않은 채 바로 읽기를 재촉하는 훈장님이 약간 원망스러웠습니다. 그런 소년의 마음을 아는지 모르는지 훈장의 얼굴엔 별 표정이 보이지 않았습니다.

"하늘 천, 따 지, 검을 현, 누를 황. 하늘은 위에 있으니 그 빛이 검고 그윽하며, 땅은 아래 있으니 그 빛이 누르다. 집 우, 집 주, 넓을 홍, 거칠 황. 하늘과 땅 사이는 넓고 커서 끝이 없다."

시작할 즈음엔 긴장했던 것과는 달리 막힘없이 제법 술술 나오니 소년은 더욱 자신감이 붙었습니다. 한참을 외워도 훈장은 아무런 말이 없었습니다. 하지만 그 얼굴에는 얼핏 흐뭇한 미소가 소년의 눈에 보일 듯 말 듯 자리 잡고 있었습니다.

"이를 위, 말씀 어, 도울 조, 놈 자. 어조사라 함은 한문의 조사를 말하며, 다음의 글자이다. 언 재 호 야. 바로 이 네 글자이다."

마지막 네 글자까지 막힘없이 읊조리고 나서야 소년은 고개를 들어 훈장님의 눈을 마주했습니다. 훈장님의 얼굴에 새겨져 있던 흐뭇한 미소는 어느새 큼지막한 함박웃음으로 바뀌어 있었습니다. 훈장님의 표정은 절대 거짓말한 적이 없었습니다. 드디어 천자문 과정을 통과했다는 것을, 소년은 훈장님의 얼굴을 보고 알 수 있었습니다.

"장하구나. 지금까지 여러 아이를 가르쳤지만 이렇게 천자문을 빨리 뗀 아이는 여태 보지 못했구나."

훈장은 제자에 대한 자랑스러움을 숨기지 않고 드러냈습니다.

"아닙니다. 다 훈장님의 크신 가르침 때문이옵니다."

소년 역시 자신이 자랑스럽게 느껴졌지만 항상 훈장님이 강조해 오신 겸손의 덕 또한 잊지 않았습니다.

"녀석, 겸손하기까지. 그동안 어려운 한자 익히느라 수고가 많았다. 하지만, 이제 시작이야. 항상 시작할 때의 마음가짐을 가슴속에 새기고 있어야 한다. 그래야 공부가 힘들 때도 참으며 극복할 수가 있다."

"네, 훈장님."

"그래, 경진이는 이 서당에서 날 처음 봤을 때 했던 말을 기억하느냐?"

"물론입니다, 훈장님."

"다시 한 번 들어보자꾸나. 경진이는 왜 과거 시험을 보고 싶은 거냐? 권력이 탐나서냐, 아니면 부자가 돼서 부모님을 편안하게 하고 싶어서냐?"

"아닙니다. 이 나라의 종묘사직을 받들어, 나라가 발전하고 백성이 편안해지는 데 밑거름이 되고 싶어서입니다."

"그래. 나랏일을 하는 사람의 마음가짐은 마땅히 너 같아야 한다. 그런데 막상 관리가 되고 나면 초심[1]은 잃고, 자신의 배만 불리는 데 골몰하는 사람들이 적지 않으니, 혹여 경진이도 그런 일을 걷지는 않을까, 내가 염려하지 않아도 되겠느냐?"

"물론입니다, 훈장님."

"그래. 그런 탐관오리들 때문에 옛적에 임꺽정 같은 도적이 들고일어나 세상이 어지러워지지 않았겠느냐. 꼭 초심을 잃지 말고, 임금님과 나라를 위해 애쓰거라. 왕(王) 자를 떠올려 보아라. 무릇 임금이란 어떤 존재이냐?"

---

1 初心. 처음의 마음

"하늘과 땅 위의 백성을 연결하는 자로서, 하늘의 뜻을 실천하는 자이옵니다."

"그리고 너는 임금님이 그 하늘의 뜻을 잘 실천할 수 있도록 옆에서 성실히 도와주는 사람이 되어야 하느니라."

"항상 명심하겠습니다, 훈장님."

"날씨도 더운데 이제 일어나 보거라. 내일부터 너는 동몽선습[1]으로 공부할 것이니라."

경진은 훈장님께 절을 올리고 자리에서 일어나 서당을 나왔습니다. 어서 빨리 가족들을 만나 천자문을 통과해 내일부턴 새로운 교재로 공부하게 됐다고 자랑하고 싶은 마음에 서당을 나서자마자 쏜살같이 뛰어갔습니다.

그런 경진을 훈장은 자랑스러운 마음으로 바라보고 있었습니다. 이제 천자문을 뗐을 뿐인데, 이렇게 칭찬해 주고, 나랏일을 하게 될 먼 미래 이야기까지 하기는 처음이었습니다. 그만큼 경진은 학문을 습득하는 속도가 빨랐고 인성도 훌륭하여 훈장이 거는 기대가 무척 컸던 것입니다.

경진은 집에 닿자마자 가족들을 찾기 시작했습니다.

"어머니, 아버지!"

부모님은 논에 나가 계실 거라는 걸 뻔히 알면서도 혹시나 하는 마음에 신이 난 목소리로 불러보았습니다. 부모님 대신 경진을 맞이한 사람은 누나 경선이었습니다.

---

1 천자문을 익히고 난 뒤 배우는 초급 교재로서, 오륜과 중국 및 우리나라의 역사에 관한 책이다.

"무슨 일 있니?"

경선은 동생 경진을 호기심 어린 표정으로 쳐다보았습니다. 경진의 들뜬 목소리와 밝은 표정으로 보아 아마 좋은 일이 생긴 것 같습니다.

"누나, 나 벌써 천자문을 뗐어! 훈장님이 이렇게 빨리 천자문 뗀 사람은 내가 처음이라고 하셨어!"

훈장님 앞에선 얌전하기만 하던 경진이 어느새 한 가정의 막냇동생으로 돌아와 있었습니다.

누나는 그런 경진이 자랑스럽기도 하고, 마구 자랑하는 모습이 귀엽게도 느껴졌습니다.

"정말이야? 서당 다닌 지 아직 두 달도 안 된 것 같은데! 역시 우리 경진이구나!"

경선도 경진을 한껏 치켜세워 주었습니다.

경선은 얼른 부엌에 들어가 농사일에 한창일 부모님과 오빠를 위해 준비해 놓은 음식을 가지고 나왔습니다.

"이거 가지고 부모님께로 얼른 가 보자!"

경진은 누나가 들고 있는 쟁반을 얼른 뺏어 들었습니다. 그리 무겁지도 않은데 매번 경진은 누나 대신 물건들을 들려고 했습니다. 그럴 때마다 경선은 괜찮다며 말리지만 경진은 절대 양보하는 법이 없었습니다. 그래서 이제는 그냥 그러려니 하면서 짐을 경진에게 맡기고 발걸음을 옮겼습니다. 경진은 기분이 좋은지 걷는 속도가 평소보다 더 빨랐습니다.

"넘어질라! 조심해!"

잠시 후, 부모님과 장남인 경수가 일하고 있는 논에 도착했습니다. 넓지는 않았지만 그래도 경진의 집 소유의 논이었습니다. 다른 가난한 농민들처럼 지을 논이 없어 다른 사람의 논에 소작을 지었다면, 경제적 여유가 없어 경진은 아마 서당에 다니지 못했을 것입니다.

평소라면 경진은 서당에 있어야 할 시간인데 경선과 같이 온 걸 보고 의아하게 여긴 어머니가 물었습니다.

"오늘은 서당이 일찍 끝났니? 빨리 왔구나."

어머니의 말이 끝나자마자 기다렸다는 듯이 경진이 웃으며 대답했습니다.

"오늘 천자문 시험을 봤는데 통과해서 일찍 끝났어요! 내일부턴 동…… 뭐더라? 여하간 이제 다른 책으로 공부하게 됐어요!"

이 말에 가족 모두가 기뻐했습니다.

"아이고, 우리 경진이 참 대단하구나! 네 아버지 말대로 우리 집에서 양반 나오게 생겼네."

그 말에 다들 웃었지만, 아버지는 짐짓 아닌 체하며 말했습니다.

"내가 언제 그런 말을 했어? 이제 글자 뗀 거 가지고 너무 유난 떠는 거 아니냐?"

"아버지도 참…… 이럴 땐 같이 칭찬해 주세요. 훈장님이 지금까지 가르쳐 본 아이들 중에서 가장 빨리 천자문을 익혔다고 하시잖아요."

경선이 웃으면서 말했습니다.

"어이쿠, 역시 우리 아들이구나. 호호."

어머니는 그저 좋아서 어깨가 덩실거렸습니다.

"경진아, 고생하는 우리 가족들 생각해서 열심히 공부해야 한다."

아버지도 표정을 한층 밝게 하면서 말했습니다.

"오늘따라 날씨가 유난히 덥구나. 경수랑 경진이는, 오늘은 그만하고 가서 물놀이하다가 와라."

경선이 집에서 빚어 온 떡을 집어 입에 넣으며 아버지가 말했습니다. 말을 꺼내지도 않았는데 먼저 물놀이를 하고 오라고 말씀하시는 걸 보니 아버지도 기분이 좋았나 봅니다.

경진의 형 경수는 올해 열아홉 살이었습니다. 다음 달에 같은 동네에서 사는 최 씨네 딸과 혼인하기로 돼 있었습니다. 경진의 가족은 부모님, 형 경수, 누나 경선, 이렇게 다섯이었습니다. 경진도 동생이 하나 있었지만 어릴 때 죽었습니다. 그런데 경진은 형인 경수에게 늘 미안한 마음이 있었습니다. 부모님은 그렇다 치더라도, 형마저도 자신이 공부하는 데에 희생하고 있다는 생각이 들었기 때문입니다. 형의 나이도 그렇게 많지는 않으니 공부하려면 얼마든지 할 수 있었을 것입니다. 당시 조선 사회에서 여성이 글공부한다는 것은 금기시됐었기 때문에 누나는 논외로 치더라도 말입니다. 만약 자신이 태어나지 않았거나 동생처럼 일찍 죽었다면 형이 지금 공부하고 있었을 거라는 생각도 했습니다.

경진과 경수는 이윽고 동네에 있는 강에 들어섰습니다. 강을 거슬러 올라 숲 쪽으로 더 들어가니 꽤 웅장한 계곡이 나왔습니다. 여름이라 보기만 해도, 또 흘러가는 소리만 들어도 시원한 강이 계곡 아래서 흐르고 그 주변에는 큰 바위들이 있었습니다. 옛날에 이 계곡에서 선녀가 발이 미끄러져 강에 빠져 죽었다고 하여 낙선강이라고 불렀습니다. 바위들 주변엔 커다란 느티나무가 자리 잡고 있어서 절로 그늘이 드리워졌습니다. 그리하여 그곳은 여름이면 더위를 피하고 물놀이를 하려는 사람들이 많이 찾았습니다.

오시[1] 전에는 여인들이 모여 빨래를 하면서 이야기를 나누고 오시 이후에는 남자들이 낙선강에 모여 놀기로, 서로 말로써 약속한 것은 아니었지만 자연스럽게 규칙처럼 정해져 있었습니다.

오늘도 벌써 동네 남자아이들 몇 명이 물놀이를 즐기고 있었습니다. 경진과 경수는 햇살을 피해 바위에 앉았습니다. 서늘한 그늘 밑에 있으니 그렇게 시원하고 상쾌할 수가 없었습니다.

물에 들어갈 준비를 하며 옷을 벗고 있는데 경수가 말했습니다.

"경진아."

"네, 형님."

"너, 형은 농사짓는데 너만 공부하는 것에 대해 미안한 마음이 있지?"

경진은 뜨끔했습니다. 그런 마음을 내색한 적이 한 번도 없었는데 형이 이미 자신의 마음을 꿰뚫고 있다니 놀라운 일이었습니다. 그렇다고 대답하기도, 아니라고 거짓으로 대답하기도 어려웠습니다.

---

1 11~13시

"아니라고 거짓말도 못 하네. 너는 너무 솔직해서 탈이다. 그런 마음 가질 것 없다. 형은 공부에 소질도 없고, 부모님이랑 같이 농사짓는 게 즐겁거든. 그리고 다음 달에 장가가는데 공부할 시간도 없지 않겠느냐."

경진은 숙연하게 듣고만 있었습니다.

"너에게 부담 주려는 건 아닌데 말이야. 우리 집안이 고조할아버지 때까지 양반 집안으로 잘 내려오다가 어느 때부턴가 잘 안 풀려 지금 좀 힘든 거 아니냐. 이제 가문의 희망을 너에게 걸고 있으니, 너는 다른 것은 생각하지 말고 공부만 열심히 하여라. 알겠지?"

"네, 형님."

이런 말을 들으면 부담스러울 수도 있을 텐데 경진은 부담스러워지기는커녕 형에게 고마움을 느꼈고, 열심히 공부해야겠다는 각오는 더욱 커졌습니다.

"일어서봐라."

왜인지 궁금했지만 경진은 말없이 형이 시키는 대로 했습니다.

경수는 경진의 옆으로 바짝 붙어 섰습니다.

"아직 키가 내 가슴 정도밖에 안 오네. 키 좀 더 커야겠다. 여기서 선녀가 빠져 죽은 거 알지? 잘못하면 너도 그럴 수 있을 것 같아. 그러니너는 옆으로 돌아서 와라. 하하하."

경수는 호탕한 웃음소리와 함께 시원한 물속으로 풍덩 뛰어들었습니다. 경진도 얼른 물놀이하고 싶은 마음에 재빨리 바위 옆으로 돌아가 물속으로 들어갔습니다. 뛰지 말라는 형의 말도 있었지만 형처럼 바위에서 뛰어내리는 게 무섭기도 하였습니다.

"와앗!"

물이 어찌나 시원한지 여기는 여름이 아니라 겨울이라고 느껴질 정
도였습니다.

영원할 것처럼 푹푹 찌던 무더위가 조금씩 조금씩 물러나고 있었습
니다. 그러면서 바람은 어느덧 선선해져 있었고 논의 벼 이삭도 여물
어 사람들의 마음을 기쁘게 해 주었습니다.

"이만하면 올해 벼농사는 풍년이구나!"

아버지가 즐겁게 말했습니다.

농사도 풍년에다가 이번 달에는 맏이 경수의 혼인식도 있어 경진네
집은 평소보다 훨씬 더 활기찼습니다.

드디어 경수가 장가가는 날이 왔습니다. 이른 아침부터 경진네 집은
분주했습니다. 혼례식은 단순히 두 집안의 행사가 아니라 마을의 잔치
나 다름없었습니다. 그래서 오늘은 서당도 문을 닫고, 훈장님 등 온 마
을 사람들이 혼례식을 구경하고, 축하해주기 위해 모였습니다.

혼례식은 신부 집에서 이루어졌습니다. 경수는 멋진 사모관대[1]를 입
고 말에 타, 얼굴에 미소를 가득 머금은 채 신부 집으로 향하고 있었
습니다. 그 주변을 동네 사람들 역시 즐거운 표정으로 따르고 있었습
니다. 선두에는 풍물놀이패가 신나게 꽹과리 등을 치며 한층 분위기를
돋웠습니다. 동네 코흘리개들도, 뭐가 좋은지 이리저리 뛰어다니며 행

---

1 조선 시대 벼슬아치들이 입던 옷. 평민들도 혼인할 때만큼은 사모관대를 착용했다.

렬을 같이했습니다. 말에 올라탄 형의 모습이 경진은 그저 늠름하게만 느껴졌습니다.

신랑 일행을 따라가고 있는데, 옆집에 사는 아주머니가 경진에게 말을 걸었습니다.

"네 형이 이렇게 멋있는 사람인지 여태 몰랐네. 경진이는 언제 저렇게 말 탈 거냐?"

대답을 한 건 경진이 아니라 어머니였습니다.

"우리 경진이는 장가가기 전에, 과거 시험 붙어서 벼슬하러 가는 길에 말을 탈 것이여."

신 난 목소리로 대답하자 아주머니도 맞장구쳐주었습니다.

"아! 그렇겠네. 경진이가 그렇게 공부를 잘한다면서?"

이때쯤 날로 뛰어난 모습을 보여주는 경진의 학문 실력은, 경진네 가족뿐만 아니라 마을 사람들에게도 익히 알려져 있었습니다.

신랑 일행이 신부가 머물고 있는 최 씨네 집에 도착했습니다. 신부도 원삼에 족두리를 머리에 써, 평소에는 보이지 않던 아름다움을 마음껏 뽐내고 있었습니다.

"와, 곱구나! 젊은 신랑이 부럽네!"

누군가 이렇게 소리치자 다들 웃음을 터뜨렸습니다.

혼례상을 사이에 두고 신랑과 신부가 서로 마주했습니다. 주례의 진행에 따라 신랑, 신부가 맞절하며 혼례식이 순조롭게 진행됐습니다. 자신이 장가가는 건 아니지만 새 가족이 생긴다는 사실에 경진은 설레고 기뻤습니다. 새로운 부부는 며칠간 신부 집에서 머물다 신랑 집으로 올 것입니다.

얼어붙은 압록강

1636년 12월 9일, 압록강 가까이에 있는 백마산성.

보초를 서고 있는 조선 병사 둘이서 이야기를 나누고 있었습니다.

"이번 겨울은 다른 때보다 유독 춥지 않은가?"

"나만 그렇게 생각한 게 아니었군. 이제 12월 초인데 이렇게 추운 걸 보니 이번 추위는 여간 매서운 게 아닐 것 같아."

"9년 전에 청나라, 아니, 그땐 후금[1]이었지. 후금이 쳐들어왔던 때가 기억나는구먼. 그때도 이렇게 추었는데 말이야. 한 달만 있으면 꼭 10년이 되는군."[2]

"나는 그땐 농사짓고 있었는데, 자네는 그 전쟁에 참가했었나?"

"아휴, 말도 말아. 전쟁을 하는 건지, 도망가는 연습을 하는 건지. 자네도 잘 알지 않나? 우리 조선 군대들이 계속 패해 후퇴만 거듭하지 않

---

1 여진족이 세운 나라 이름. 누르하치가 황제의 자리에 올랐다. 1636년 4월엔 나라 이름을 청으로 고친다.

2 정묘호란을 말하고 있다.

앗는가. 오죽했으면 임금님은 강화도로 피신 가시고, 세자[1]께서는 전라도 전주까지 도망갔다 하더군."

"그래도 각지에서 의병들이 일어나 분전하지 않았나?"

"그렇긴 했지만 전세를 뒤집긴 역부족이었어. 전쟁은 끝났지만 조선은 후금과 형제 관계를 맺어야 했지. 게다가 공물을 이거 바쳐라, 저거 바쳐라, 오랑캐 놈들이 요구하는 게 어찌도 많은지! 지금도 나랏일 하는 관리들은 그놈들 때문에 아주 골치가 아플 거야."

"형제 관계? 그럼 누가 형이고 누가 동생이란 말인가?"

"누가 누구겠어? 전쟁에서 이긴 자기들이 형이고 우리 조선이 동생이지."

"허허, 그거 기가 막힐 이야기군!"

"그런데 말이야, 요즘엔 더한다더군."

"어떻게?"

"이제는 형제의 관계를 벗어나서 군신, 즉 임금과 신하의 관계로 고치자는 거야!"

"아니, 우리나라가 무슨 잘못을 했다고 자기네 신하가 된다는 건가!"

"이게 다가 아닐세. 황금 만 냥을 바쳐라, 전쟁에 쓸 말 삼천 필을 바쳐라, 또 뭐냐, 그렇지, 전쟁에 쓸 병사 삼만 명을 바쳐라, 이런 요구를 하고 있다네."

"자기들을 위해 목숨까지 내놓으란 말이군. 무서운 놈들일세. 그래서, 우리 임금님은 어떻게 했다나?"

---

1 왕의 아들 중 다음 왕으로 공식 책봉된 왕자를 세자라 부른다. 보통 맏이가 세자가 된다.

"자존심이 있지, 어느 왕이 그런 모욕적인 요구를 받아들이겠나? 우리나라가 그렇게 약해빠진 나라도 아니고 말이야."

"아주 혼쭐을 내줘야 할 놈들이군!"

"그런데 요즘엔 분위기가 더 심상치가 않아. 저번 달에 왕자, 대신, 그리고 자신들 청나라와 관계를 맺지 말고 무찔러야 한다고 주장했던 사람들을 인질로 보내고 사과하라고 했다네. 거절한다면 공격하겠다고 했지."

흥미를 느끼면서도 긴장하며 이야기를 듣던 병사가 물었습니다.

"왕자를 인질로? 물론 임금님은 거절했겠지?"

"그러셨겠지."

"그런데 거절하면 쳐들어오겠다고 했다며?"

지금까지는 흥미를 느꼈던 병사도 이젠 두려운 마음이 슬며시 고개를 들고 있었습니다. 또 전쟁이 일어난다면…….

쭉 설명해주던 병사가 대답은 하지 않고 조심스럽게 말했습니다.

"근데 날씨가 이렇게 추우니…… 이 정도로 추우면 압록강도 지금쯤 얼지 않았을까?"

그 말을 들은 다른 병사는 압록강이 얼었다는 것이 무엇을 의미하는지 잘 알기에 손사래를 치며 말했습니다.

"그런 말은 하지 말게! 자네 때문에 오금이 저려 교대하면 오줌부터 눠야겠네."

"하하, 이 친구. 이렇게 겁이 많아서야 어디 가서 군사라고 할 수 있겠나?"

둘의 대화는 여기서 끝났습니다. 아닌 척했지만 사실은 설명해주던 병사 역시, 청나라 군대에 대한 두려움이 생겨났습니다. 9년 전 전쟁에 직접 참여했던 만큼 더더욱 그랬습니다.

반 시진[1] 정도 지났습니다. 추위를 참으며 보초를 서고 있는 그들의 눈에 꿈에서라도 보고 싶지 않은 광경이 펼쳐졌습니다. 보면서도 믿고 싶지 않은 광경이었습니다.

저 멀리서 뿌옇게 먼지가 일기 시작했습니다. 그 먼지는 점점 이쪽으로 가까워지고 있었습니다. 무언가 이쪽을 향해 오고 있다는 신호였습니다. 보초를 서는 병사들은 무엇이 이렇게 요란하게 올까, 긴장된 눈으로 쳐다보았습니다. 이윽고 그것들의 모습이 온전하게 드러났습니다. 수많은 말과 거기에 탄 병사들. 병사들이 머리에 쓰고 있는 붉은색 투구, 등에 차고 있는 화살들, 손에 들린 무시무시한 검과 창. 바로 청나라 군대였습니다.

한반도에서 가장 길고, 중국과의 국경지대에 위치한 강인 압록강은 천연의 요새 역할을 하고 있었습니다. 하지만 강이 얼게 되면 평지 걷듯 쉽게 건널 수 있으므로 추운 겨울에는 그 역할을 못 하게 되는 것입니다. 그들의 우려대로, 압록강이 얼자 청나라는 군대를 이끌고 압록강을 쉽게 건너 조선으로 쳐들어온 것이었습니다. 병자호란은 이렇게 시작됐습니다.

---

1 조선의 시간 단위. 한 시진은 지금의 두 시간 정도에 해당하므로 반 시진은 한 시간 정도이다.

보초를 서던 병사들의 눈이 커지고 지금까지 그들을 그토록 괴롭히던 추위는 느껴지지도 않았습니다. 그 와중에도 정신은 완전히 잃지 않아 재빨리 움직이기 시작했습니다.

"북을 울려라! 적이 쳐들어 왔음을 장군님께 알려라!"

"모두 자기 위치를 사수하라!"

추위 때문에 을씨년스럽고 조용하던 산성은 순식간에 아수라장이 됐습니다.

청나라 군대 진영. 선봉에 선 장수 마부대가 손을 들어 다른 장수들과 군사들을 멈추어 서게 했습니다. 신호에 맞추어 일제히 말을 멈추며 대열을 정돈하는 모습이 엄숙하기만 합니다. 허리를 꼿꼿이 편 채로 전방을 주시하고 있는 마부대의 모습이 자못 위압감을 주고 있었습니다. 마부대는 잠시 생각하다가 옆에 있는 부하 장수에게 물었습니다.

"이곳 백마산성을 지키는 장수가 임경업이라 들었다. 맞느냐?"

"그렇습니다."

"그렇다면 이곳을 점령하는 데 시간도 많이 걸리고 희생도 꽤 뒤따를 것 같은데……."

마부대는 임경업 장군의 명성을 익히 알고 있었습니다. 잠시 생각하다가 다시 부하 장수에게 말했습니다.

"어차피 우리의 목표는 조선의 임금이다. 여기가 한양과 가까운 것도 아닌데 굳이 시간을 오래 끌 필요는 없어. 최대한 빠른 길을 이용해 곧장 한양으로 진격한다. 후속 부대들이 계속 오고 있으니 조선 군대에게 뒤를 당할 염려도 없다."

이렇게 말하며 지도를 펼쳤습니다. 부하 장수도 같이 보게 한 뒤 손가락으로 지도를 가리키며 말했습니다.

"이 길로 쭉 내려가 개성을 거쳐 곧장 한양으로 갈 것이다. 지금 조선군의 꼴을 보면 절대 우리의 진격을 막지 못할 것이야. 밤낮 가리지 않고 달리면 아무리 오래 걸려도 보름이면 충분히 한양에 도달할 수 있을 것이다. 지금 바로 다른 장수들에게 전파하고, 말머리를 돌린다!"

"알겠습니다!"

마부대의 명령은 금방 다른 장수들과 군사들에게 전해졌고, 청나라 군대는 이내 방향을 새로 잡아 움직이기 시작했습니다.

이 모습을 지켜보던 조선의 병사들은 어리둥절하였습니다. 목숨을 건 전투가 시작되나 긴장하고 있었는데 청나라 군대가 방향을 바꾸니 안도하는 마음도 슬그머니 고개를 내밀었습니다.

"응? 청나라 군대가 방향을 바꾸는데? 어디로 가는 거지? 목숨이 오락가락할 상황이 올 뻔했는데 이거 다행이구먼."

"다행이라니? 저놈들이 어디로 가는 건지를 모르는데 그런 말이 나오나?"

병사들이 이렇게 우왕좌왕하고 있을 때, 청나라 군대가 말머리를 돌렸다는 소식은 금세 임경업 장군에게도 전해졌습니다. 임경업 장군은 잠시 생각하더니 이내 청나라 군대의 속셈을 눈치챘습니다.

"한양이다! 한양으로 바로 달려가려는 속셈이야! 어서 빨리 조정에 알려야 한다! 지금 바로 청나라가 쳐들어왔다는 장계[1]를 작성해 속히 한양으로 보내도록 준비하거라!"

임경업 장군은 상황이 급박하게 돌아감을 알고 이렇게 명령을 내렸습니다.

---

1 지방에 있는 신하가 중요한 일을 왕에게 알리는 문서.

가슴에 못 박히는 한(恨)

　겨울이라 바람이 찹니다. 구름은 어두운 색깔을 하고 하늘을 잔뜩 덮은 것이 곧 눈이라도 올 것 같습니다. 경진과 경수는 동네가 한눈에 내려다보이는 마을 뒷산에 올라, 겨울을 따듯하게 나게 해 줄 나무를 베고 있었습니다. 초가집 굴뚝에서 피어오르는 연기, 길을 걷고 있는 사람들, 소리 지르며 뛰어다니는 아이들, 멍멍 짖어대며 그 아이들을 뒤쫓는 개들. 산에서 내려다보는 동네의 풍경은 한없이 평화로워 보이기만 했습니다.

　오늘은 서당이 쉬는 날이었습니다. 옆 동네 어느 양반 댁에 혼례식이 있는데, 훈장이 주례를 보기로 했기 때문입니다. 그래서 경진은 오늘만큼은 집안일을 도울 수 있어서 기분이 좋았습니다. 그랬기에 추위 따위는 금세 잊을 수 있었습니다. 오히려, 도끼질을 몇 번 하다 보니 땀이 줄줄 흐르며 덥기까지 했습니다. 이마에 흐르는 땀을 한 번 훔치고 경진이 말했습니다.

"형님, 곧 눈이 내릴 것 같은데, 어머니와 형수[1]님은 괜찮으시겠죠?"

어머니와 경수의 아내는, 경진의 훈장이 주례를 보는 혼례식에 갔습니다. 흥겨운 잔치도 즐거울뿐더러, 일손을 제공하고 품삯으로 받아오는 쌀과 음식들이 제법 쏠쏠했습니다.

"이만한 날씨에 어른들이 별일 있겠냐. 동네에서 우리 가족만 간 것도 아니고 말이야. 걱정 안 해도 될 것이다. 그보다도, 해가 짧으니까 얼른 마무리하고 내려가야 한다. 조금만 더 하고 내려가자."

"네, 형님."

생각해 보니 괜한 걱정을 한 것 같기도 하지만, 예전부터 형의 말을 들으면 금방 안심이 되곤 했습니다. 형님 같은 존재가 있어 참 든든하다는 생각이 들었습니다.

다시 작업에 열중하다 허리를 펴 고개를 드니, 마을 어귀로 이어지는 저쪽에서 흥미로운 정경이 보였습니다. 엄청나게 많은 수의 군사들이 말을 타고 각종 무기로 무장한 채 달려오고 있었습니다. 그들이 마을 쪽으로 가까워질수록 그 모습이 또렷해졌습니다. 마치 달리기 시합이라도 하는 듯, 엄청난 속도로 말을 몰아 마을 가까이 오고 있었습니다.

'와, 위용이 엄청나구나. 이 작은 마을에 임금님이라도 오셨나?'

그러나 그 모습에, 처음엔 멋지다고 느끼던 경진도 차차 이상한 느낌이 들기 시작했습니다. 우선 제일 먼저 눈에 띄는 건 그들의 복장이었습니다. 그들이 입은 갑옷이며 의복은, 아무리 봐도 조선의 것은 아닌 것 같았습니다. 특히 머리 모양, 저 변발 모양은 조선인들의 머리는 아

---

1 형의 부인.

니었습니다! 그리고 더욱 마음에 걸리는 건, 구체적으로 뭐라고 설명하기는 어려웠지만, 그 군사들로부터 느껴지는 기분 나쁘고 꺼림칙한 느낌이었습니다. 그 느낌을 표현할 수 있는 낱말. 경진의 머리는 그 낱말을 찾으려고 빠르게 회전했습니다. 이내 어떤 낱말이 머리에 떠올랐습니다. 평소엔 쓸 일도 거의 없던 낱말. 지금 그들에게서 강하게 풍겨 오는 이 느낌, 분위기……. 그것은 살기(殺氣)였습니다.

온몸에 쫙 끼치는 소름을 느끼며 경진은 간신히 목소리를 내 경수를 불렀습니다.

"혀…… 형님."

"왜, 무슨 일이야?"

자신을 부르는 경진의 목소리에서 뭔가 심상치 않은 기운을 느끼고 경수가 물었습니다.

"저기 좀 보십시오. 저게 우리 조선의 군사들이 맞습니까?"

경수는 재빨리 경진이 가리키는 곳을 보았습니다. 경수는 한눈에 청나라 군대임을 알아봤습니다. 청나라 군대가 자신들이 살고 있는 마을을 향해 달려오는 걸 보자 머릿속이 그저 텅 비는 것만 같았습니다. 하지만 마을엔 가족이 있었습니다. 아버지가, 여동생이, 그리고 지금은 다른 마을에 있지만 곧 돌아올 어머니와 부인이!

경수는 얼른 마을로 내려가야겠다고 생각했습니다. 하지만 어린 경진은?

주위를 잠시 둘러 본 경수가 경진에게 다가갔습니다. 엄숙한 표정을 짓고 경진의 두 눈을 똑바로 바라보았습니다.

"조선의 군사가 아니다. 저건, 내가 봤을 땐 오랑캐의 군대로 보인다."

"헉. 형님, 어떻게 해야 하죠?"

"나는 지금 당장 마을로 돌아가 우리 가족에게 가야겠어. 넌, 내가 올 때까지 절대로 마을을 내려오면 안 된다. 알겠어?"

"형님, 저 혼자 여기……."

경수는 경진의 말을 끊고 자신의 말을 이었습니다.

"시간이 없어! 꼭 약속해! 넌 절대 내려오지 말고 여기 숨어 있어. 마을 상황이 궁금하다고 함부로 몸을 드러내서 저들에게 네 모습을 보이면 안 된다. 꼭 명심해!"

그 말을 마지막으로 경수는 더 이상 경진에게 말할 틈도 주지 않고 곧장 뒤돌아 뛰어 내려갔습니다. 상황이 안 도와주면, 청나라 군사들과 맞서 싸우겠다는 의지인지, 도끼를 힘껏 손에 쥔 채였습니다. 그런 형을 경진은 두려움에 휩싸인 채 쳐다보기만 했습니다.

경수 머릿속에는 청나라 군사들보다 더 빨리 가족을 만나야 한다는 생각뿐이었습니다. 내리막길을 이렇게 빠르게 달려본 적이 없었던 것 같았습니다. 땅에 울퉁불퉁 박혀 있어 가끔 발에 걸리는 돌도, 얼굴이나 몸통을 긁는 나뭇가지도 경수의 달리는 속도를 늦추지는 못했습니다. 이윽고 산을 벗어나 평지에 다다랐습니다. 달리기가 더 수월해져 경수는 속도를 더 내 마을 안으로 들어갔습니다. 우선 아버지와 여동생 경선이 있는 집으로 향했습니다.

그러나 사람이 아무리 빨리 달린다 한들, 말보다 빠를 수는 없었습니다. 경수가 마을 안에 다다랐을 때는 이미 청나라 군사들이 먼저 들어와 있었습니다.

경수의 눈에 펼쳐진 광경은 아수라장, 그 자체였습니다.

청나라 군사들은 고래고래 소리 지르며 횃불을 여기저기 집어 던졌습니다. 볏짚 따위로 만들어진 초가집은 아무런 저항도 하지 않은 채 쉽게 불에 휩싸였습니다. 마을 여기저기서 불길이 치솟고 사람들은 도망치며 혼비백산이 되어 있었습니다.

"으악!"

"살려주세요!"

갖가지 살벌한 무기를 손에 들고 있는 청나라 군사들과는 달리 이렇다 할 무기가 있을 리 없는 마을 사람들은 속수무책이었습니다. 그저 청나라 군사들을 피해 도망가기에 바빴지만 그마저도 제 뜻대로 되지 않았습니다. 어떤 사람들은 한칼에 목숨을 잃기도 하고, 어떤 사람은 산 채로 잡히기도 하였습니다. 싸움이랄 것도 없는, 일방적인 학살이었습니다.

마부대가 부하들에게 말했습니다.

"늙거나 너무 어린 것들은 다 죽여라! 노예로 삼을 만한 것들만 살려서 포로로 삼아라!"

이 와중에도 경수는 정신을 똑바로 차리려고 안간힘을 썼습니다.

'우선 아버지에게 가자!'

아버지와 여동생이 있을 집으로 가려면 곧바로 가는 게 제일 빠른 길이었지만 청나라 군사들이 길을 점령하고 있어서 그대로 나아가는 건 자살이나 마찬가지였습니다. 그래서 우선 다른 길로 돌아가기로 했습니다.

경수는 우선 옆으로 난 길로 잽싸게 들어갔습니다. 다들 도망가는 길이라 자신을 마주해 오고 있었지 자신처럼 마을 안으로 들어가는 사람은 없었습니다. 멀리서 그들을 쫓아오는 청나라 군사들이 보였습니다. 이 길도 안전하지만은 않았던 것입니다. 그렇다고 가족을 모른 체할 순 없었습니다. 경수는 재빨리 옆집의 담을 넘어 숨었습니다. 허리를 숙인 채 담장을 따라 달리다가 청나라 군사들이 탄 말굽 소리가 옆에서 들리자 걸음을 멈추고 얼른 주저앉았습니다. 혹시라도 낌새를 느끼고 그들도 담을 넘어올까 조마조마했습니다. 하지만 다행히 말굽 소리는 멀어졌습니다. 조마조마한 마음을 애써 억누르며 살짝 고개를 담 밖으로 내밀어 보았습니다. 오른쪽을 보니 청나라 군사들은 저만치 멀어져 가고 있었고 왼쪽을 보니 마을 사람들의 시체가 몇 구 보이고 청나라 군사들은 보이지 않았습니다. 다시 담을 넘어 집을 향해 뛰기 시작했습니다. 조금만 더 가서 왼쪽으로 돌면 아버지와 여동생을 만날 수 있을 것입니다.

'아버지, 조금만 기다리세요. 경선아, 조금만 참고 있어.'

아버지와 여동생이 무사하길 간절히 바라며 경수는 발걸음을 재촉했습니다. 다행히 가는 중에 청나라 군사와 마주치는 일 없이 집에 닿을 수 있었습니다. 경수는 본능적으로, 큰길가에 나있는 사립문으로 들어가는 건 위험하다고 생각하고 집 뒤쪽으로 다가가 담을 넘었습니다. 집 안쪽에서 청나라 군사들이 자기네 말로 말하고 있는 것이 들렸습니다. 목소리가 방 쪽에서 들리는 걸 보니 그들은 이미 방 안으로 들어가 있는 것 같았습니다. 청나라 말을 들으니 가슴이 철렁했습니다. 대체 아버지와 여동생은 어떻게 됐을까요?

경수는 이제 가족들을 살리려면 자신의 목숨을 걸어야 한다는 걸 직감했습니다. 벽에 몸을 붙이고 천천히 움직였습니다. 모서리를 돌아 우선 큰길가를 확인했습니다. 청나라 군사와 장수로 보이는 듯한 자들이 몇 있었지만 다행히 이쪽을 보고 있지는 않았습니다. 경수는 침을 꿀꺽 삼키고 재빨리 마루를 올라 방 안으로 뛰어들었습니다.

"아버지! 경선아!"

한구석에 아버지와 경선이 주저앉아 있었습니다. 아버지는 경선을 보호하려는 듯 꼭 끌어안고 있었고, 경선은 무서워서인지 아예 고개도 들지 못하고 있었습니다. 하지만 그 방엔 그들만 있는 게 아니었습니다. 청나라 군사 둘이 히죽거리며 그들 앞에 서 있었습니다. 경수는 첫 눈에 청나라 군사들이 경선을 잡아가려 한다는 것을 알아봤습니다. 뒤에서 경수의 목소리를 듣고 청나라 군사들이 뒤를 돌아봤습니다.

"이건 뭐야?"

"죽으려고 제 발로 뛰어드는 놈도 있네."

청나라 말을 모르는 경수는 무슨 말을 하는지 알아들을 수 없었지만 그들이 무슨 말을 하건 그건 중요하지 않았습니다.

"당장 우리 집에서 나가거라."

이렇게 말하며 경수는 꼭 쥐고 있던 도끼를 들어 올리며 싸우겠다는 뜻을 내비쳤습니다. 그런 경수를 가소롭다는 듯이 바라보던 청나라 군사 하나가 콧방귀를 끼며 다가와 검을 휘둘렀습니다. 경수는 몸을 낮추며 검을 피함과 동시에 앞으로 나아가며 그대로 도끼를 그 군사의 가슴팍에 내리꽂았습니다.

"쿠아악!"

지금껏 들어본 적 없는 이상한 소리를 내며 도끼를 맞은 군사가 쓰러졌습니다. 하지만 경수는 거기까지였습니다. 자기편이 죽어가는데 구경만 하고 있을 청나라 군사가 아니었습니다. 동료가 도끼에 쓰러지자마자 다른 청나라 군사는 재빨리 경수에게 검을 휘둘렀고 경수는 커다란 아픔과 함께 온몸에 힘이 빠지는 걸 느꼈습니다. 경수 역시 그대로 쓰러지고 말았습니다.

'이대로 죽을 수는 없어.'

경수는 다시 한 번 아버지와 여동생을 눈에 담았습니다. 그리고 지금 곁에 있지는 않지만, 경진, 어머니, 혼인한 지 얼마 안 된 아내도 마음에 새겼습니다.

경수는 온 힘을 다해 일어나려 했습니다. 상체를 조금 일으켰을 즈음, 다시 한 번 청나라 군사가 검을 휘둘렀고 경수는 다시 일어나지 못했습니다.

아들의 죽음을 눈앞에서 본 경수의 아버지는 자신도 모르는 사이에 벌떡 일어나 청나라 군사에게 달려들었습니다.

"야, 이 죽일 놈아!"

하지만 노인의 몸으로 갑옷으로 단단히 무장한 군사에게 싸움을 거는 건 계란으로 바위를 치는 격이었습니다. 동료를 잃은 분노로 가득 찬 청나라 군사는 무자비하게 검을 휘둘렀고, 경수의 아버지 역시 방금 죽은 아들 옆으로 쓰러지고 말았습니다.

두려움에 벌벌 떨고 있던 경선은 오빠와 아버지가 처참하게 죽어 가는 모습을 보고는 그대로 정신을 잃고 쓰러졌습니다.

잠시 씩씩거리던 청나라 군사는 경선을 어깨에 둘러맨 채 밖으로 나갔습니다. 청나라 장수 마부대와 그 주변에 있던 군사들이 그를 맞이했습니다.

"그깟 처녀 하나 업어오는데 왜 이렇게 오래 걸리나?"

마부대가 싸늘한 목소리로 물었습니다.

"죄송합니다. 가족들이 저항하는 바람에…… 우리 군사 한 명을 잃었습니다."

군사는 민망한지 고개를 숙인 채로 대답했습니다.

군사를 잃었다는 말에 마부대의 얼굴이 잠깐 찡그려졌습니다.

"쥐새끼도 궁지에 몰리면 문다. 민간인이라도 조심해야지. 그 계집은 산 채로 데려간다."

"네!"

경선처럼 산 채로 잡은 조선의 민간인들을, 청나라 군사는 제 나라로 데려가 노예 시장에 팔 속셈이었습니다. 그래서 노예 시장에서 별로 값어치가 없는 늙은 사람들은 죽이고, 젊은 사람들은 산 채로 데려가려고 했습니다.

곧 마부대가 부하들에게 명령했습니다.

"이쯤 하면 충분한 것 같군. 어서 한양으로 가자!"

추위는 잊은 지 오래였습니다. 두렵고 떨리는 마음으로 마을을 내려다보고 있던 경진은 눈앞에 펼쳐지는 광경을 믿을 수가 없었습니다. 아무 죄 없는 마을 사람들이 처참하게 죽거나 무자비하고 거칠게 잡혔습니다. 어제까지만 해도 같이 얘기하고 음식을 나눠 먹던 사람들이 그런 비참한 꼴을 당하는 걸 보고만 있자니 그 마음은 말로써는 다 표현할 수가 없었습니다.

집에 계시는 아버지와 누나, 그리고 방금 내려간 형이 무척 걱정됐습니다. 마음 같아서는 당장에라도 마을로 뛰어들고 싶었지만, 청나라 군사들이 떡하니 버티고 있어 그대로 갔다간 개죽음만 당하게 생겼습니다. 형 말대로 우선 기다리기로 했습니다.

차차 사람들의 비명이 줄어들었고, 마을 곳곳에서 방화와 살육을 일삼던 청나라 군사들이 한곳으로 모이기 시작했습니다. 죽은 자들은 길 여기저기에 아무렇게나 널브러져 있었고 포로로 잡힌 사람들은 밧줄에 포박당한 채 청나라 군사들에게 개, 돼지처럼 끌려다녔습니다. 청나라 군대는 대오를 정리하더니 마을을 벗어났습니다. 경진은 멀리서 보고 있었기에 청나라 군사인지 마을 사람인지는 구분할 수 있었지만 정확하게 누구인지는 알아볼 수가 없었습니다. 가족들은 어떻게 됐는지 걱정되고 궁금해 미칠 지경이었습니다. 청나라 군사들이 완전히 사라지고 나면 집으로 향하기로 마음먹었습니다.

얼마 뒤 청나라 군사들이 포로들을 이끌고 사라졌습니다. 하지만 혹시 남은 청나라 군사가 있는 건 아닌지, 갔던 군사들이 돌아오는 건 아닐까 하는 두려움 때문에 바로 발걸음이 떨어지지는 않았습니다. 그러나 곧 경진은 마음을 다잡고 산에서 내려오기 시작했습니다.

멀리서 보던 참혹한 광경은, 가까이에서 보니 그 참담함이 더했습니다. 피를 뿌린 채 널브러져 있는 시신들은 아무런 말이 없었습니다. 누구 하나 살아 있는 사람이 없는 것 같았습니다. 시신들 사이를 거닐 땐 정신이 나갈 것만 같았습니다. 이 난리에서 화를 입지 않은 개들이 짖는 소리만 가끔 들릴 뿐, 어떤 소리도 들리지 않았습니다.

경진은 어떻게 왔는지도 모른 채로 어느새 집에 도착해 있었습니다. 중간에 정신 잃지 않고 용케 찾아온 게 신기할 정도였습니다.

침을 꿀꺽 삼키고 방문을 열었습니다. 거기엔 아버지와 형이 있었지만 경진을 반겨 주지는 않았습니다. 오늘은 서당에서 뭘 배웠느냐고 묻지 않았습니다. 아무런 잔심부름도 시키지 않았습니다. 말 걸기는커녕 고개를 돌려 쳐다봐 주지도 않았습니다.

"으아아아아!"

경진은 그저 목 놓아 울기만 할 뿐이었습니다. 눈물이 펑펑 쏟아져 흘러내리고, 가슴에서는 지금껏 느껴본 적 없는 이상한 기운이 올라와 목청을 마음껏 뒤흔들었습니다. 하지만 울음을 멈출 수가 없었습니다. 태어나서 이렇게 울어본 적은 없었습니다. 아니, 운다기보다는 울부짖는다는 게 더 적합한 표현 같습니다.

"으아아아아!"

소년의 한 서린 울음소리가 울려 퍼지고 있었습니다.

얼마나 이렇게 울었을까요. 차라리 정신을 잃고 영원히 잠들어버렸으면 하는 바람도 있었지만, 울음이 그치고 나니 의식은 오히려 또렷해져 갔습니다. 누나가 보이지 않는 게 오히려 다행일 수 있다는 생각이 들었습니다. 여기에 시신이 없다면 청나라 군사들이 포로로 잡아간 게 틀림없을 것이기 때문입니다. 포로로 잡힌 것은 안 좋은 것이지만 그래도 우선 살아있다는 건 다행이라 할 수 있을 거라고 경진은 생각했습니다.

"어머니, 형수님!"

아버지와 형의 충격적인 죽음 때문에 잠깐 잊고 있었던 어머니와 형수가 떠올랐습니다.

경진은 혼례식이 열린다는 옆 동네로 얼른 뛰어갔습니다. 다행히 중간에 청나라 군사들과 맞닥뜨리는 일은 없었습니다.

하지만 마을 입구에 들어선 순간, 어머니와 형수에 대해 가지고 있던 희망은 순식간에 허공으로 사라져버린 느낌이었습니다. 여기도 청나라 군사들이 휩쓸고 갔는지, 여기저기 시신들이 흩어져 있었습니다.

경진은 아버지와 형의 시신을 처음 봤을 때처럼, 또 한 번 섬뜩함과 절망감에 휩싸였습니다.

'그래도 아직은 모르는 일이야.'

경진은 혼례식이 열린 집이 어디인지 찾기 위해 마을 이곳저곳을 누볐습니다. 중간에 산 사람은 그 누구도 만날 수가 없었습니다. 자신만 이렇게 멀쩡히 살아 있는 게 기적처럼 느껴졌습니다.

이내 혼례식이 열렸던 집을 찾았습니다. 맛난 음식들이 땅에 쏟아져 있는 난리 속에 잔칫상은 엉망진창이 돼 있었지만, 여기가 혼례식이 열리던 곳이라는 건 쉽게 알 수 있었습니다. 주례를 보기 위해 왔던 훈장님이 쓰러져 있는 게 먼저 눈에 띄었습니다. 하늘색 두루마기에 흩뿌려진 핏자국은 그에게 무슨 일이 일어났는지를 말없이 알려주었습니다.

'아아, 훈장님!'

그 옆에는 사모관대를 입고 있는 신랑이 엎어진 채 죽어 있었습니다. 그 모습을 보자 몇 달 전 혼인하던 형의 모습이 떠올라 슬픈 감정이 솟아올랐습니다. 하지만 훈장님과 죽은 신랑에만 계속 관심을 둘 순 없었습니다. 어머니와 형수를 찾기 위해 여기저기 살펴보았습니다. 부엌부터 시작해서 안 뒤져본 곳이 없었지만, 어머니와 형수는 보이지 않았습니다. 시신으로 발견되지 않은 걸 다행으로 생각해야 할지, 행방이 묘연한 걸 불행으로 생각해야 할지 헷갈렸습니다.

"어머니! 형수님! 저 경진이에요! 이제 안전하니 밖으로 나오셔도 돼요!"

더 이상 청나라 군사들은 없는 게 확실해 보여 어머니와 형수를 부르며 온 마을을 누볐지만 대꾸하는 이는 아무도 없었습니다. 우선 생사라도 확인해야겠다 싶어 마을에 널브러진 시체들의 얼굴을 일일이 확인했습니다. 죽은 이의 얼굴을 마주하자니 무섭고 꺼림칙했습니다. 죽은 이들 중에 어머니와 형수는 없었습니다.

아무래도 포로로 끌려갔나 봅니다. 한 가닥 희망을 걸었던 어머니와 형수마저도 더 찾기가 어려워졌다는 생각이 들자 경진은 몸에서 기운이 쭉쭉 빠지면서 심한 피로감이 몸을 두드렸습니다. 날은 이미 어두워졌고 이제는 추위도 느껴지기 시작했습니다. 곧 배고픔도 찾아왔습니다. 이런 상황에서도 배가 고파 음식 생각이 나다니 자신이 짐승처럼 느껴졌습니다.

혼례식이 열리던 집으로 돌아가 온전하게 남아있는 음식 몇 가지를 집어 울면서 입에 넣었습니다. 무슨 맛인지도 모른 채 우걱우걱 입으로 가져갔습니다. 어머니가 이 모습을 보았다면, "체할라. 천천히 먹으렴." 이렇게 말했을 것입니다.

어떻게 먹었는지도 모를 음식 덕분에 허기는 사라졌습니다. 경진은 우선 집으로 돌아갔습니다. 방으로 들어가 그대로 자빠져 잤습니다.

청나라 군사가 와서 자신을 죽이든 잡아가든 전혀 걱정되지 않았습니다. 무섭지도 않았습니다.

무심한 태양은 다음 날도 어김없이 고개를 내밀었습니다. 모든 의욕을 잃은 채 하염없이 절망만 하고 있을 순 없었습니다. 경진이 제일 먼저 한 일은 아버지와 형의 무덤을 만드는 일이었습니다. 제 땅이 없는 가난한 사람들은 무덤을 조성하는 것도 쉬운 일이 아니었습니다. 하지만 경진네 집은 다른 평민들보다는 부유한 편이어서 두 사람의 무덤을 만들 만한 땅은 있었습니다.

평소 공부만 하느라 일은 별로 해보지 않은 어린 소년에게 무덤을 두 개나 파는 것은 무척 힘든 일이었습니다. 게다가 추위에 땅이 얼어 어려움이 더했습니다. 그러나 경진은 돌아가신 아버지와 형에게 해드릴 수 있는 마지막 효와 우애라는 생각에 힘든 줄도 모르고 땅을 파 내려갔습니다.

어느새 해가 하늘 저만치에 걸려 있었습니다. 먼저 아버지의 시신을 무덤에 눕혔습니다. 이제 흙을 도로 부어야 하는데, 흙을 뿌릴 때마다 눈에 들어오는 아버지의 시신의 크기는 조금씩 조금씩 작아졌습니다. 아버지는 그렇게 멀어져 가고 있었습니다. 다시 경진의 눈에서 뜨거운 눈물이 흘러내렸습니다. 이윽고 아버지의 시신이 완전히 묻어져 경진의 눈에는 이제 흙밖에 보이지 않았습니다. 다시 한 번 아버지와의 이별이 실감 나는 순간이었습니다.

형 경수와도 그렇게 영원한 작별을 고했습니다. 두 무덤을 완성하고 경진은 그대로 기절하듯 쓰러졌습니다.

"일어나. 얼어 죽고 싶어서 여기서 이러고 있냐?"

누군가 어깨를 강하게 흔들어댔습니다. 정신이 혼미한 와중에도 경진은 누군가가 자신에게 말을 건네고 있음을 느꼈습니다.

지독한 두통. 경진이 정신이 들었을 때 맨 처음 느낀 감각이었습니다. 아주 불쾌한 두통이었습니다. 그리고 추위. 얼마나 잠들어 있었던지 벌써 주변은 어두워져 있었습니다. 해가 져 추위는 낮보다 더 심해져 있었습니다. 이렇게 추운 와중에도 곤히 잤다는 게 신기했습니다.

곧 정신이 온전히 돌아오자 그다음 자신에게 찾아온 감정은 반가움이었습니다.

"일어나. 얼어 죽고 싶어서 여기서 이러고 있냐?"

이건 분명 우리말이었습니다! 모두 꼼짝없이 죽거나 끌려간 줄로만 알고 있었는데 누가 나에게 말을 거나, 이 반가운 사람이 누구인지 궁금해 빤히 쳐다보았습니다. 같은 마을에 사는, 자신보다 세 살 많은 영배 형이었습니다.

"영배 형! 흑흑."

어찌나 반가운지 경진은 또 울음이 나오려 했습니다.

"너도 그랬겠지만 나도 모두 죽은 줄로만 알았다. 우리 같이 멀쩡히 산 사람이 있다니 하늘도 무심하진 않구나."

"아아, 나는 어제 나무하러 산 위에 갔다가 화를 피할 수 있었는데, 형은 어떻게?"

"난 오랑캐들이 쳐들어 왔을 때 집에 있었어. 영락없이 죽었구나 생각했는데 용케 도망치고 숨고 해서 살아남았다. 다시 하라고 하면 못할걸?"

"가족은 어떻게 됐어?"

경진은 어떤 대답이 나올지 모르지 않았으나 혹시나 하고 물었습니다.

영배의 얼굴에 일순간 비장한 표정이 서렸다가 사라졌습니다.

"어머니는 놈들 손에 돌아가시고, 형은 끌려갔다."

영배 가족 역시 경진의 가족과 비슷한 꼴을 당한 것이었습니다.

"죽은 사람들을 살펴보니까, 대체로 젊은 사람들은 잡아가고 노인이나 아주 어린아이들은 죽였더구나. 잔인한 놈들."

죽은 사람들 얘기가 나오니 경진의 마음은 금세 우울해지려 했습니다.

"가족들 무덤인가 보네?"

"응. 아버지와 형 무덤이야. 누나는 잡혀간 것 같아. 어머니와 형수는 옆 동네 가 계셔서 알 수가 없어. 어제 가봤는데 찾을 수가 없었어."

"지금 상황에선 시체로 발견 안 된 것도 복이다. 나랑 다시 한 번 가보자."

이렇게 말하며 영배는 경진을 일으켜 세웠습니다. 경진에게 영배는 정말이지 하늘이 보낸 장군처럼 느껴졌습니다. 얘기를 나누고, 의지할 수 있고, 서로의 슬픔을 위로해줄 수 있는 사람이 생겼다는 사실 자체

만으로 큰 힘이 됐습니다.

그러나 오늘도 어제처럼 어머니와 형수는 찾을 수가 없었습니다.

"실망하지 말고 너무 조급해하지도 말아라. 가족은 이제 우리 손으로 직접 찾아야 해. 나는 오랑캐 놈들을 뒤쫓을 거다. 물론 맨몸으로 놈들에게 덤비겠다는 말은 아니야. 놈들이 개성 가까이 왔으면 지금쯤 우리 조선 군사들도 움직이기 시작했을 거야. 생각보다 어렵지 않을 수도 있어. 넌 어때, 같이 갈 거냐?"

더 생각할 것도 없었습니다. 목숨을 잃을 수도 있다는 생각은 아예 떠오르지도 않았습니다. 망설임 없이 경진은 대답했습니다.

"물론이지."

남한산성[1]으로

그러나 조선의 군사들이 움직이기 시작했을 거라는 영배의 예측은 사실과 달랐습니다. 청나라 군대가 압록강을 건넌 것은 12월 9일이었는데 조정에서 청의 침입 사실을 안 건 나흘이나 지난 13일이었습니다. 청나라 군대가 압록강을 넘자마자 한양을 향해 곧바로 진격했기 때문이었습니다.

청나라 군대가 개성을 지났다는 보고가 조정에 전해졌습니다. 이런 속도라면 한양으로 들이닥치는 것도 순식간일 게 분명했습니다.

임금은 대신들을 불러 어떻게 해야 할지 의논하였습니다.

"적이 이렇게 깊숙이 들어왔으니 이제 어떻게 해야 한단 말이오?"

임금의 목소리에는 그의 초조함이 그대로 묻어났습니다.

"지금 적의 기세라면 당장 한양에서 맞서 싸우는 것은 매우 위험해 보입니다. 우선 파천[2]하시어 뒷날을 도모해야 합니다."

---

1 경기도 광주시 남한산에 있는 산성

2 임금이 도성을 떠나 다른 곳으로 피란하던 일.

파천이라니, 임금은 난감했습니다. 자존심이 크게 상할 일이었지만 자존심만 생각했다간 훨씬 큰 피해를 당할 상황이었습니다. 우선 급한 소나기는 피하고 나중을 준비해야겠다고 생각했습니다.

"과인[1]이 적이 여기까지 올 거라고는 생각을 안 했는데, 오산이었소. 우선 세자빈[2]과 왕족들을 강화도로 보내고, 아울러서 선왕들의 신주[3]도 같이 강화도로 모셔야겠소. 나는 세자와 함께 남한산성으로 가 뒷일을 도모하겠소."

"마땅한 줄로 아옵니다!"

많은 대신들이 이렇게 찬성할 때 영의정 김류는 다 같이 강화도로 가야 한다고 주장했지만 왕족이 한곳에 있다가 다들 끔찍한 피해를 입으면 큰일이었으므로 임금은 이렇게 분산하기로 결정하였습니다. 강화도는 섬으로 이루어져 방어에 유리하여, 예부터 난리가 났을 때 피란 가기에 안전한 곳이었습니다. 특히 청나라 군사들인 여진족은 주로 말을 타고 움직이는 기마병이 대부분이었고 주로 대륙에서 활동하였으므로 그들에게 섬은 공략하기 어려운 곳이었습니다.

임금은 이어서 강화도로의 피신을 책임질 이들을 지정해 세세한 임무를 정해주었습니다. 곧 조정의 모든 사람들이 긴장한 채 분주하게 움직이기 시작했습니다.

---

1 임금이 신하들에게, 자신을 낮추어 부르던 말.

2 세자의 부인.

3 죽은 사람의 이름과 죽은 날짜를 적은 나무패. 선왕들의 신주는 매우 중요하게 생각하였다.

"갑자기 강화도로 가야 한다니 무슨 일인가요?"

세자빈이 어두운 기색을 하며 세자에게 물었습니다.

"청나라 오랑캐들이 쳐들어왔소. 벌써 개성을 지났다고 하니 한양으로 들이칠 시간도 얼마 안 남은 것 같소이다."

세자의 대답에 세자빈은 정신이 아찔했습니다.

"그동안 조선 군사들은 뭘 하고 있었단 말입니까? 그런데 저하께서는 왜 같이 가시지 않습니까?"

"나는 아직 아바마마와 남아서 할 일이 있습니다. 어찌 백성들을 나 몰라라 하고 살 길만 찾겠소?"

"부부 사이는 바늘과 실보다도 가까운 사이인데 저만 갈 수 있겠습니까. 제가 강화도로 가 무사한들 감히 편하게 잠에 못 들 것이옵니다."

"나 역시 빈궁을 멀리 보내는 게 슬프기만 합니다. 그러나 우리가 평범한 백성이라면 모를까, 일국을 책임지는 사람이니 어쩔 수가 없습니다. 부디 원손¹을 잘 보살펴 주시오. 그것도 세자빈으로서 큰 임무가 아니겠소."

"태어난 지 이제 아홉 달 된 어린애인데, 그 먼 길을 잘 견뎌낼지 걱정입니다."

세자빈은 이 난리를 아는지 모르는지 그저 어머니 품에서 쌔근쌔근 자고 있는 맏아들 석철을 바라보며, 어느새 흐느끼며 말했습니다.

"너무 걱정하지 마시오. 봉림대군 또한 빈궁과 원손에게 소홀하지 않을 것입니다. 임진왜란도 결국 이겨낸 우리 조선이오. 나는 이번 난

1 임금의 큰 손자. 즉, 세자에겐 큰 아들.

도 용감하게 이겨내고 우리도 조만간 재회할 것이라 믿소."

봉림대군은 임금의 둘째 아들, 즉 세자의 동생이었습니다.

"그래요. 반드시 그렇게 돼야겠지요. 부디 몸 건강하시길 빕니다."

결국, 세자빈은 떨어지지 않는 발걸음을 억지로 떼며 세자와 헤어져야 했습니다. 세자빈을 안심시키느라 말은 그렇게 했지만 세자 역시 걱정이 되기는 마찬가지였습니다.

추운 날씨 속에 세자빈과 봉림대군 부부, 그들을 호위하는 일행들의 이동이 시작됐습니다. 평소라면 장엄하고 씩씩한 분위기였겠지만 피난길이다 보니 처연한 분위기만 물씬 풍겼습니다. 이 모습을 보며 임금은 긴 한숨을 내쉬었습니다.

'내가 못나서 백성들은 물론이고 왕족들까지도 이 고생이구나.'

세자빈 일행을 보내고 나서 임금과 세자, 그리고 이들과 함께 남한산성으로 갈 이들이 이번에는 자신들의 출발 준비에 바쁘게 움직였습니다.

저녁 무렵에 준비가 완료되고 이제 막 떠날 참이었습니다. 임금은 대가[1]를 기다리고 있었습니다. 그런데 아무리 기다려도 대가는 오지 않았습니다. 임금은 왜 이렇게 지체되는지 궁금했고 세자는 아버지가 추위 속에서 애타게 기다리는 모습이 안타까웠습니다. 임금이 주변의 신하들을 둘러봐도 다들 모르겠다는 표정이었습니다.

---

1 大駕. 임금이 타는 수레.

얼마 뒤, 대가를 책임지고 있는 내승[1] 이성남이 말을 끌고 나타났습니다. 세자가 그를 보고 물었습니다.

"이 추운 날씨에 전하께서 말을 타셔야 되겠습니까? 대가는 어디 있습니까?"

"오랑캐가 쳐들어왔다는 소식을 듣고 수레 끄는 자들이 다 도망가 버렸습니다."

이성남은 민망해하며 고개를 푹 숙인 채로 대답하였습니다.

"종들 관리 하나 제대로 못 해서 주상[2]께 이런 수고를 끼친단 말이오?"

세자는 화가 나 이성남을 다그쳤습니다.

"드릴 말씀이 없습니다. 죽을죄를 지었사옵니다."

이성남은 그저 잘못했다는 말만 되풀이했습니다.

"됐다. 세자는 그만하거라. 지금 이런 작은 일로 낭비할 시간이 없다. 어서 가자꾸나."

임금은 스스로 말에 올라타며 일행을 재촉했습니다.

이때 수레 끄는 자들이 도망간 일은 오랑캐가 쳐들어왔다는 소식을 듣고 일어난 난리들 중 하나에 불과했습니다. 소식을 들은 백성들이 피난하려고 거리로 쏟아지는 바람에 도성 안은 이미 아수라장이 돼 있었습니다. 그 소란스러운 틈에 말들도 불안함을 감지했는지 제멋대로 날뛰다가 도망가 버리기도 했습니다. 이에 높은 벼슬자리에 있으면서도 직접 걸어서 가야 하는 신하들도 있었습니다. 또 흥분한 말에 짓밟

---

1 궁의 말과 수레를 관리하는 벼슬.

2 임금을 달리 이르는 말.

혀 그 자리에서 죽은 사람도 있었습니다.

백성들이 불안과 두려움에 휩싸여 울부짖는데, 그 소리가 사방 천지에 가득해 하늘이라도 무너뜨릴 기세였습니다.

"아버지! 어디 계시나요!"

"어머니!"

"옥동아! 이 난리에 어딜 간 거냐!"

"지영아!"

난리 통에 가족들을 잃어버렸는지 서로를 부르는 소리가 여기저기서 들려왔습니다. 이런 백성들에게 당장 해줄 수 있는 것이 없다는 점이 세자의 마음을 아프게 했습니다. 그저 우선은 피란길에 올라야 하는 자신이 무능력하게 여겨졌습니다.

'나의 백성들, 실로 미안한 마음을 감출 수가 없구려. 지금의 처참한 모습, 그대들의 아픔을 절대 잊지 않겠소. 지금은 비록 우리 조선이 힘이 약해 이런 치욕을 당하지만 이런 치욕은 지금이 마지막이 되도록 내가 힘쓰겠소. 꼭 그렇게 하겠소.'

나이 스물다섯의 세자는 굳게 입술을 다물며 다짐했습니다.

백성들 중 일부는 임금의 일행을 따라가는 자들도 있었고, 무능력한 임금을 믿을 수 없다며 자기들끼리 행선지를 잡고 피란하는 자들도 있었습니다.

남한산성으로 가는 길은 그저 처연하고 비참하기만 했습니다. 임금을 호위하는 행렬과 백성들의 행렬이 뒤엉켜 질서 있는 모습은 찾아보기가 힘들었습니다. 상황이 긴박한 데다 날씨까지 추워 임금을 지키던 군사들도 우왕좌왕하며 헛발질로 넘어지기까지 하니, 그런 군사들의 호위를 받는 임금의 체면은 온데간데없었습니다. 또한 백성들의 통곡소리는 여전하였습니다. 다들 얼굴에 짙은 먹구름만 드리운 채 누구하나 입을 여는 자가 없었습니다.

술시[1]가 지나서야 임금의 행렬은 남한산성에 도착하였습니다. 정확히 10년 전에 축성 공사가 완성된 남한산성. 이곳에서 다시 군사 등을 정비한다면 오랑캐들과 맞서 싸움 직하다고 임금은 생각했습니다.

그런데 남한산성에 도착하자마자 영의정 김류가 강화도로 가야 한다고 다시 주장했습니다.

"전하, 이곳 산성은 외부로부터 고립되어 있어 청나라 오랑캐들이 포위하는 순간 외부의 도움을 받기가 거의 불가능해집니다. 또한 시간이 지날수록 말 먹일 풀과 사람이 먹을 양식이 바닥을 보일 텐데 그때는 어찌하시렵니까. 또한 오랑캐들이 궁극적으로 침범하고자 하는 곳은 조선이 아니라 명나라이기 때문에 조선 땅에서 많은 시간을 보낼 리가 없습니다. 그러니 강화도로 가시는 게 더 안전하고 이롭습니다."

우의정 이홍주는 반대로 남한산성에 머물러야 한다고 주장했습니다.

"그렇지 않사옵니다. 지금 형세로 보면 오랑캐의 기세가 매우 드셉니다. 강화도로 가는 길에 낭패를 볼 수 있으니 산성을 방패 삼아 여기에 머무르셔야 하옵니다."

---

1 저녁 7~9시

이들뿐 아니라 다른 신하들도 자신의 의견을 말하는데, 누구는 강화도로 가자고 하며 누구는 남한산성에 그대로 머물자고 했습니다. 이렇듯 신하들마다 엇갈린 주장을 내세우니 임금은 결정 내리기가 쉽지 않았습니다. 하지만 임금은 임금. 최종 결정은 자신이 내려야 했고, 그걸 모를 리 없는 임금이었습니다.

다들 임금의 입만 쳐다보고 있을 때, 드디어 임금이 입을 뗐습니다.

"경¹들의 의견을 심사숙고한 바, 다시 길을 나서는 게 불편하겠지만 강화도로 가기로 결정하겠소. 고려 때에도 맹위를 떨치던 몽골족에 맞서 강화도에서 끝까지 저항한 바가 있지 않겠소? 그때를 교훈 삼아 강화도로 이동하려고 하오."

"성은이 망극하옵니다."

왕이 결정한 사항이니 자신의 뜻과는 달라도 임금의 결정을 따라야 했습니다.

남한산성에 도착한 지 얼마 안 돼 임금 일행은 다시 짐을 꾸렸습니다. 먼 길을 오느라 피곤하였지만, 그 피곤함을 달랠 시간은 허락되지 않았습니다. 임금이 다시 강화도로 간다는 소식이 퍼지자 백성들은 다시금 어수선해지기 시작했습니다. 누가 들을세라 조심스럽게 왕이 왜 이렇게 갈팡질팡하느냐며 비판하는 사람도 있었고, 먼 길을 떠날 생각에 암울한 마음이 들어 울부짖는 사람도 있었습니다.

---

1 임금이 신하를 부르는 말.

다음 날 새벽, 한양을 떠나 남한산성으로 온 지 몇 시간 만에 임금 일행은 다시 강화도로 가는 길에 올랐습니다. 청나라 군사들이 활개 치는 지금, 해 뜰 시간을 기다리는 건 사치였습니다. 남한산성으로 올 때처럼 누구나 말이 없고, 얼굴엔 다들 피로한 기색이 역력했습니다.

　세자가 탄 말은 임금이 탄 말 바로 뒤를 따랐습니다. 찬바람이 세고 어둡기까지 해, 불안한 마음에 세자는 조금이라도 임금에게서 눈을 떼지 않았습니다.

　얼마쯤 걸었을까, 눈이 내리기 시작하더니 이내 눈보라가 심하게 몰아치기 시작했습니다. 사람들은 더욱 움츠러들었습니다. 윙윙 하는 눈보라 소리는, 사람 잡아먹는 호랑이의 울음소리보다 더 무섭게 들렸습니다. 하염없이 떨어지는 눈에서는 어떤 낭만도 느껴지지 않았습니다.

　앞서 가던 내승 이성남이 임금 쪽으로 오더니 말했습니다.

　"전하, 산길이 얼어붙어 미끄러운지 말이 발을 디디지 못하고 있습니다. 황송하옵니다만, 내려서 걸으시는 게 안전한 줄로 아뢰옵니다."

　대가 대신 말을 타던 임금은 이제, 직접 걸어서 움직여야 할 판이었습니다. 임금이 말에서 내리는 걸 세자가 옆에서 도와주었습니다.

　눈보라는 그칠 생각이 전혀 없어 보이며, 눈 역시 갈수록 내리는 양이 많아졌습니다. 이런 상황에선 계속 이동하는 것이 청나라 군사와 싸우는 것보다 더 위험해 보일 지경이었습니다. 사람들이 넘어지는 소리가 끊임없이 들려왔습니다.

　고난은 사람들에게만 해당하지는 않았습니다. 계속된 행렬에 지쳤는지, 세차게 몰아치는 눈보라가 거슬렸는지 말들이 흥분할 조짐이 보였습니다. 그런 말들을 진정시키며 일행은 조심스럽게 발걸음을 옮기고 있었습니다.

"이히힝! 이힝힝!"

말 한 마리가 앞발을 들어 올리며 날카로운 울음소리를 냈습니다.

"워어어! 워어!"

그 말을 간수하던 군사가 말을 진정시키기 위해 안간힘을 썼지만 소용없었습니다. 흥분한 말을 무리하게 제지하려던 군사는 결국 말의 힘에 못 이기고 나가떨어졌습니다. 험한 산길이 얼기까지 해서 군사는 떼굴떼굴 구르고 말았습니다.

"어이쿠!"

"다들 우선 저 말부터 막자!"

놀란 다른 군사들이 한꺼번에 달려들어 겨우 말을 진정시켰습니다. 나자빠진 병사는 다리를 심하게 다쳐 혼자서는 걸을 수 없는 지경이었습니다.

이 모습을 지켜본 임금은 그 군사의 꼴이 꼭 자신의 모습, 나아가 자신이 이끄는 조선의 모습만 같이 느껴져 불길한 느낌을 지울 수 없었습니다. 더 이상 나아가기란 불가능해 보였습니다. 결국 다시 남한산성으로 돌아가자는 명령을 내렸습니다.

남한산성에 처음 도착했을 때 그냥 쉬는 게 더 나았을 것입니다. 강화도로 가려다가 다시 남한산성으로 돌아온 이 소동에 세자는 마음이 우울했습니다. 자신들의 편이 아닌 듯한 날씨도 원망스러웠습니다. 문득 부인과 하나뿐인 원손 석철, 이들과 함께 강화도로 간 동생 봉림대군이 생각났습니다. 그들 일행이 가는 길도 이렇게 날씨가 안 좋은지, 강화도에는 무사히 도착했는지 걱정됐습니다. 부인과 자식, 동생이 겪고 있을 고생을 생각하니 마음이 아려왔습니다.

다시 남한산성에 도착하고 나서야 비로소 잠자리에 들 수 있었지만, 세자는 피곤한 몸에도 불구하고 잠은 쉽사리 오지 않았습니다.

가족을 직접 찾겠다고 나선 경진과 영배에겐 하루하루가 쉽지 않은 행군이었습니다. 가장 힘들게 하는 건 추위와 배고픔이었습니다. 가지고 나온 것이라곤 옷 몇 벌과 음식뿐이었는데 음식은 며칠 못 가 바닥났습니다. 겨울이라 산에서 마땅히 뜯어먹을 것도 없었고 운이 좋아 토끼라도 잡으면 그야말로 훌륭한 식사가 됐습니다. 산에서 잤다간 얼어 죽거나 맹수에게 잡아먹히기 십상이라 민가에서 하룻밤씩 신세를 지곤 했습니다.

하지만 그들을 더 힘들게 하는 건 생사를 알 수 없는 가족들이었습니다. 살아 있다고 하더라도 지금의 자신들처럼 고생하고 있을 게 뻔했기 때문입니다. 아니, 청나라 군사들에게 포로로 잡혀 있다면 자신들보다 몇 배는 더 어려운 상황에 처해 있을 것입니다. 그래서 가족들만 생각하면 마음이 아려오고 지금 자신들의 고통은 아무것도 아닌 것처럼 여겨졌습니다.

둘은 청나라 군대가 한양을 바라보고 곧장 나아갔을 거라고 쉽게 짐작할 수 있었습니다. 그리하여 그들 역시 남쪽으로 방향을 잡고 길을 재촉했습니다.

"임진왜란이 있은 지 얼마나 됐다고 또 전쟁이란 말이냐."

영배가 투덜거리듯 말했습니다.

"그러게. 그때도 죽은 사람의 시체를 쌓으면 산을 이룰 정도였다는데 이번 전쟁은 피해가 또 얼마나 될지……."

이렇게 말하는 경진의 몸에 자신도 모르게 소름이 돋았습니다.

"그런데 이상한 건 말이야, 개성 부근까지 밀고 들어왔을 정도면 압록강을 건넌 건 한참 전이었을 텐데 왜 아무런 소식도 안 들렸던 거지?"

"조선 군사들이 속절없이 밀렸나 보지. 아니면 오랑캐들이 오직 남쪽만 보고 달렸든지."

"나도 그 정도는 생각했는데 말이야, 첫 번째 경우였을까 봐 걱정이 된다. 국경 부근의 군사들이 그렇게 쉽게 패배했다면 육지 깊숙이 있는 군사들은 아무래도 더하면 더했지 덜 하진 않겠지? 쳇."

영배는 조선의 군사력을 비웃듯이 말했습니다.

"그런데 경진아."

"왜?"

"너는 죽는 게 두렵지 않으냐?"

"훗. 가족 다 잃고 지금 이렇게 사느니 차라리 죽는 게 나을 것 같은데. 난 지금 아버지와 형을 죽인 놈들에게 복수하고 어머니, 형수님,

누나 찾겠다는 생각밖엔 없어. 찾지 못한다면…… 이 분한 마음과 우울한 기분에서 평생 못 벗어날 것 같아.”

경진은 씁쓸한 웃음을 지으며 대답했습니다.

“그래. 내가 괜한 말을 했다.”

솔직히 영배는 경진에게 미덥지 않은 구석이 있었습니다. 나이도 어리고 평소에 서당에만 다녀, 무시무시한 청나라 군사들을 상대로 힘 한 번 제대로 써볼지도 걱정이었습니다. 어린 녀석을 괜히 힘들게 하는 건 아닌가 하는 생각도 들었습니다. 그래서 은근히 한 번 그 속셈을 떠보려고 건넨 말이었는데 자신의 마음과 똑같은 대답이 나와 만족스러웠습니다.

‘하긴, 너나 나나 가족 다 잃고 어디에서 어떻게 살겠느냐.’

더 이상 경진에 대한 자질구레한 걱정은 하지 않기로 영배는 마음먹었습니다.

추운 날씨에 몸을 잔뜩 움츠리고 말없이 걷다 보니 한 마을이 눈에 들어왔습니다. 반갑기 그지없었습니다. 다행인 것은, 이 마을은 청나라 군대의 습격을 받지 않았는지 사람들이 눈에 제법 들어온다는 것이었습니다.

“오늘은 여기서 소식도 듣고 잠도 자야겠다! 한양이랑 가까운 곳이니 쓸 만한 정보를 얻을 수 있을 거야!”

영배가 힘차게 말했습니다.

반가운 마음으로 둘은 마을에 들어섰지만 지금까지 거쳤던 다른 고

을들처럼 분위기는 그리 밝지 않았습니다. 마을의 규모에 비해 눈에 띄는 사람들의 수는 많지 않았고, 그들의 표정은 시무룩해 있었으며 발걸음은 뭔가 분주해 보였습니다. 둘은 그런 분위기를 금방 감지해냈습니다.

"여기는 오랑캐들에게 당하지는 않았지만, 분위기는 역시나 우울하군."

영배가 말하며 발걸음을 더욱 빨리했습니다. 경진 역시 뒤처지지 않으려고 얼른 옆에 붙었습니다.

가족이 피난 가서 비어 있는 집이 있나 걷고 있는데 저쪽에서 한 무리의 남자들이 이쪽으로 오고 있었습니다. 예닐곱 명 정도 돼 보였습니다. 경진은 그들을 보고, 직감적으로 그들이 자신들을 향해 오고 있다는 것을 알았습니다. 더 이상 잃을 것이 없는 상황인지라 누구인지도 모르지만, 누군가가 자신들을 찾고 있다는 게 반갑게 느껴졌습니다. 영배 역시 그런 낌새를 금세 알아차리고 경진에게 말했습니다.

"우리에게 볼 일이 있나 본데?"

곧 그들이 다가와 경진과 영배 앞에 섰습니다. 그들이 자신들보다 나이가 적어도 다섯 살 이상 많다는 것은 첫눈에 알아볼 수 있었습니다. 그중 갓을 써서 양반으로 보이는 한 명이 물었습니다.

"모습을 보아 하니, 오랑캐를 피해 피난 온 모양이구나. 어디서 왔느냐?"

아닌 게 아니라 둘의 행색은 정말 초라하기 그지없었습니다. 옷에는 때가 잔뜩 끼어 삼 일은 빨아야 옷다운 옷이 될 것 같아 보였습니다.

"개성 부근의 오재 마을에서 왔습니다."

영배가 대답했습니다.

"개성에서 왔다니, 멀리서도 왔구나. 순전히 걸어서 여기까지 왔느냐?"

청년은 앳되어 보이는 소년 둘이 추운 겨울에 먼 길을 온 게 놀라워 이렇게 물었습니다.

"네. 보시다시피……. 저희가 말이 있습니까, 뭐가 있습니까?"

이번에는 경진이 대답했습니다.

"그래. 먼 길 오느라 수고했다. 갈 데도 없을 테니 우리를 따라오는 게 어떻겠느냐. 너희에게 도움이 되면 됐지, 해를 끼치진 않을 것이야."

혹시라도 거절할 수도 있다고 생각했는지 청년은 제법 친절한 미소를 지으며 말했습니다. 둘은 별 의심 없이 제안을 받아들였습니다.

청년과 그의 일행은 경진과 영배를 제법 부유해 보이는 기와집으로 데리고 가 방으로 안내했습니다. 방은 따뜻한 온돌이 흘러 추위에 지쳐 있던 둘에겐 천국이나 다름없었습니다. 청년은 우선 음식을 내오게 해서 둘을 먹였습니다.

둘은 감사하다는 인사를 하자마자 허겁지겁 먹기 시작했습니다. 가족을 잃고 집을 떠난 이후로 이렇게 푸짐한 진수성찬은 처음이었습니다. 음식을 다 먹기를, 말없이 묵묵히 기다려준 다음 청년이 입을 열었습니다.

"오랑캐 놈들이 일으킨 난리 통에서도 용케 살아남았구나."

"네, 바로 보셨습니다."

"보다시피, 이곳 마을은 다행히 침략을 받지 않아 무사하지만, 사람들의 마음까지는 그렇지가 않단다. 언제 놈들이 쳐들어올지도 모르고, 이 나라가 어떻게 될지를 모르니 말이야. 어떤 사람들은 남쪽인 전라도나 경상도로 도망가기도 했고."

경진과 영배는 의미심장한 이야기에 그를 빤히 쳐다보며 그가 하는 말에 빠져들었습니다.

"그런데 너희는 어떤 까닭에 이 고생을 하며 나그네 신세가 되었느냐?"

짐작 가는 바가 없진 않지만 청년은 시치미를 떼며 짐짓 궁금하다는 듯이 물었습니다.

"저희가 살던 마을은 오랑캐에게 습격을 당해 완전히 풍비박산[1]이 났습니다. 저희 둘은 하늘이 도와 목숨은 건졌지만 가족 일부는 죽임을 당했고 일부는 포로로 끌려간 걸로 보입니다. 확실합니다. 그래서 아직 죽지 않은 가족을 찾으려고 내려왔습니다. 조선의 군대에 들어가 오랑캐와 싸울 것입니다!"

어느새 얼굴이 붉게 상기된 경진이 말했습니다.

"정말 안됐구나. 그런데…… 너희 나이는 몇이냐? 꽤 어려 보이는데. 이름은?"

"장영배입니다. 열여덟입니다."

---

1 風飛雹散. 바람이 불어 우박이 이리 저리 흩어진다는 뜻으로, 엉망으로 깨어져 흩어져 버림.

"배경진입니다. 열다섯입니다."

"너희, 정말로 청나라 군사들과 맞서서 싸울 수 있겠느냐?"

나이가 어려 믿음이 썩 가지는 않는 모양이었습니다.

"물론입니다! 이 마당에 저희들 혼자 어디 가서 어떻게 살겠습니까? 가족들을 그 모양으로 보내놓고 나 혼자 편하자고 한들 밤마다 다리가 쭉 펴지겠습니까?"

이렇게 영배가 대답하자 이어서 경진이 다음과 같이 말을 이었습니다.

"우리 조선을 지탱하는 유교 사상의 가장 기본이면서 가장 중요한 덕목이 충효 아니겠습니까? 자칫 잘못하다간 나라는 오랑캐의 손아귀에 떨어질 위기에 처해 있고, 제 부모님 또한 크나큰 욕을 보았습니다. 하물며 나라와 부모님이 안 계셨다면 저는 그 존재도 없었을 터, 어찌 이 상황에서 제 한 몸만 보전하고자 하겠습니까. 죽는 건 이미 두렵지 않습니다. 나라와 부모님의 원수를 갚는 데에 작은 도움이라도 되길 바랄 뿐입니다."

때 잔뜩 낀 얼굴에 걸레 같은 옷을 걸친 어린 소년의 입에서 나올 거라곤 생각지도 못했던 말에 청년은 깜짝 놀랐습니다.

"너는 글공부를 하였느냐?"

"그렇습니다. 과거를 보기 위해 그간 공부를 해 왔지만 오랑캐의 침입 때문에 당분간 뒤로 미루게 됐습니다."

어린 소년들의 사정을 직접 들으니 청년의 마음은 착잡해졌습니다.

"너희 마음은 잘 알겠다. 나 또한 너희와 똑같은 마음이다. 나라가 큰 위기에 처해 있는데 어찌 보고만 있겠느냐. 하지만 지금 상황이 좋지 않다. 임금님과 조정은 광주에 있는 남한산성으로 피신해 계시는 상태다."

"임금님이 피신해 계신다면?"

"그래. 지금은 우리가 어려운 상황에 처해 있는 거지. 더 큰 문제는, 남한산성에서 고립돼 있다는 것이다. 이미 청나라 군대가 남한산성 주변을 포위한 채 항복하라고 재촉하고 있는 상황이란다."

"상황이 벌써 그 지경까지 진행됐단 말입니까?"

우울한 소식에 경진이 놀라 물었습니다.

"뭐, 그렇다. 안타깝긴 하지만 그게 지금의 현실이다. 남한산성이 고립돼서 시간이 흐를수록 식량은 점점 바닥을 보이기 시작할 것이고, 그렇다면 갈수록 우리에게 불리하게 상황이 전개될 것이야. 하지만 아예 희망이 없는 건 아니다. 전국 여러 지역에서 근왕병이 조직되고 있거든."

"근왕병이라면?"

"그래. 임금님과 왕실, 나아가 우리 조선을 청나라 오랑캐들로부터 지켜낼 군인들이다. 티끌 모아 태산이듯이 한 명 한 명이 모이고 모이면 나라를 지킬 큰 힘이 될 것이다. 너희도 합류하겠느냐?"

"물론이지요. 놈들에게 당한 이후로 지금까지 듣던 말 중 가장 반가운 말입니다!"

둘은 누가 먼저랄 것도 없이 이렇게 대답했습니다.

"목숨을 잃을 수도 있는데?"

"죽는 건 두렵지 않다고 말씀드리지 않았습니까?"

둘의 굳센 표정을 보고 청년도 이제부턴 이들을 전적으로 신뢰하기로 마음먹었습니다.

"좋아, 우리는 남한산성으로 간다!"

삼각산[1] 전투

다음 날, 영배와 경진은 하루 종일 청년의 집에서 쉬었습니다. 그런데 청년은 내내 코빼기도 보이지 않았습니다. 대신, 그 집의 종들이 제때제때 식사를 챙겨주었고, 빨래까지 해주는가 하면 따뜻한 물로 목욕도 하게 해주었습니다.

영배와 경진이 살던 집에 비하면, 으리으리한 기와집에 종들까지 있는 것을 보아 꽤나 부유한 양반 집이라는 생각이 들었습니다.

"이렇다 저렇다 말도 없이 가버리니 몸은 편하지만 괜히 안절부절못하겠군."

"그러게. 이렇게 쉬고만 있어도 되나?"

종들에게 행방을 물어도 모른다는 대답만 돌아왔습니다. 청년의 이름이 박영인이라는 것만 알게 됐습니다.

그렇게 할 일 없이 하루가 지나가고 다음 날이 됐습니다. 아침 식사를 하고, 또 할 일 없이 쉬고 있는데 드디어 기다리던 청년, 박영인이

---

1 고양시에 있는 지금의 북한산. 이때는 삼각산이라고 불렀다.

나타났습니다. 처음 봤을 때와는 달리 갓을 쓰고 있지 않았습니다.

"그동안 잘 쉬었느냐?"

박영인이 사람 좋아 보이는 웃음을 지으며 물었습니다.

"덕분에 푹 쉬었습니다만, 저희가 마냥 이렇게 쉬고만 있어도 되겠습니까?"

경진은 고마움을 표시하면서도 걱정스러운 마음을 담아 되물었습니다.

"급하게 생각하지 말거라. 몸도 건강해야 큰일을 이룰 수 있지 않겠느냐. 너희를 처음 봤을 때의 모습을 생각하면 하루 쉰 것도 부족해 보인다. 어제는 여기저기서 소식을 듣고 근왕병에 합류할 계획을 짜느라 너희를 미처 만나지 못했구나. 미안하다."

"무슨 말씀이신지요. 거지꼴이던 저희가 분에 넘치는 대접을 받은 것 같아 오히려 황송합니다."

경진이 공손하게 대답했습니다.

"상황은 어떻게 돼 가고 있는지요?"

영배가 궁금함을 이기지 못하고 급하게 물었습니다.

"일전에 얘기한 것처럼 임금님과 조정은 여전히 남한산성에 갇혀 계시고, 오랑캐 놈들은…… 젊은 사람들, 특히 부녀자들을 납치하는 데 여념이 없구나."

"크윽."

"어린아이들은 짐만 된다고 판단했는지 죽이거나 그냥 버리는 게 대부분이라, 어린아이의 시체와 부모 잃은 아이들이 사방에 깔렸다."

박영인이 전하는 암울한 소식에 둘은 분노가 치솟는 걸 느꼈습니다. 부모 잃고 울며 방황하는 어린아이들의 모습을 상상만 해도 가슴이 찢기는 듯했습니다. 그중엔 그렇게 지내다 누구의 도움도 받지 못하고 굶어 죽거나 얼어 죽는 아이들도 있겠지요. 그러나 한편으론, 청나라 군사들이 부녀자들을 납치하는 데 여념이 없다고 하니 어머니와 누나, 형수는 비록 납치는 당했더라도 살아는 있을 거라고 경진은 생각했습니다.

"어제 하루 푹 쉬면서 기력들을 충분히 회복했길 바란다. 어쩌면 달콤한 휴식은 당분간 꿈도 못 꿀 수도 있어."

둘은 마지막 말의 뜻을 금세 알아차렸습니다.

"행선지가 결정됐다. 우리는 삼각산으로 갈 것이다. 남한산성으로 바로 가지 않는 이유는, 남한산성으로 가는 길목들을 이미 청나라 군대들이 차지하고 있기 때문이다. 삼각산엔 심기원 유도대장[1]이 계신다. 지금은 상황이 안 좋아 우선 한양을 빠져나와 삼각산에 진을 치셨다고 하는구나. 우리는 그곳에 합류하여 오랑캐들과 싸울 것이야. 그들을 무찌르고 남한산성으로 간다. 각오 단단히 하고 어서 떠날 채비를 하거라."

"네."

둘은 짐이 거의 없었기 때문에 떠날 준비도 할 게 별로 없었습니다. 잠시 뒤엔 그저께 보았던 사내들이 나타났습니다. 수가 더 늘어난 걸

---

1 임금이 서울을 떠날 때, 도성에 남아 도성을 지키는 대장

로 보아 더 많은 사람이 합류했다는 걸 알 수 있었습니다. 일부는 말을 데리고 있었습니다. 말을 타고 이동할 참이었습니다.

차가운 바람을 맞으며 박영인과 영배, 경진의 일행은 말을 타고 삼각산을 향해 달렸습니다. 주요 길목 곳곳에 청나라 군사들이 진을 치고 있었기 때문에 그들의 눈을 피해야 했습니다. 그래서 좋은 평탄한 길을 두고, 험한 산길을 타기도 했습니다. 자신들은 편하게 쉬고 있을 때 이런 행선을 연구했을 박영인을 생각하니 더욱 그에게 믿음이 갔습니다.

이제 정말 조만간 전투에 참여할 거라고 생각하니 비장한 긴장감이 경진의 마음속에 생겨났습니다. 흔들리는 말 위에서 경진은 여러 가지 장면을 상상해 보았습니다.

청나라 군사를 베는 장면, 임금님은 환한 얼굴로 남한산성을 빠져나오고, 군사와 백성들은 양팔 높이 치켜들고 환호하는 장면, 무사히 가족들과 재회하는 장면……. 정말로 어머니를 다시 만나게 된다면 어머니를 와락 안을 것입니다. 두 번 다시 놓치지 않게……. 혹시 뛰어난 공을 세운다면 벼슬자리라도 얻을 수 있지 않을까요? 이런 행복한 상상들을 해보니 더욱 힘이 났습니다. 벼슬자리 상상에 경진은 피식 웃었습니다. 사실 가족만 다시 만날 수 있다면, 그런 건 전혀 욕심나지 않았습니다.

'어머니, 누나, 형수님! 조금만 참고 기다려 주세요!'

삼각산이 점점 가까워지고 있었습니다.

박영인과 그 일행이 청군의 눈을 무사히 피해 삼각산에 있는 심기원과 조선군을 만난 것은 한밤중이었습니다. 갑작스러운 전쟁을 치르느라 정신이 없을 텐데도 심기원은 그들을 반갑게 맞아주었습니다. 먼저 박영인과 심기원이 간단하게 인사를 나눈 뒤, 심기원이 일행 전체에게 말했습니다.

"힘없는 백성들은 오랑캐의 칼 아래 쓰러지고, 아직 화를 입지 않은 자들은 살 길을 찾아서 제각각 여기저기로 흩어지며, 심지어는 임금님께서도 남한산성으로 피신해 가셨습니다. 죽는 게 두렵지 않은 사람은 아무도 없을진대, 나라와 백성을 위해 기꺼이 목숨까지도 내놓을 준비가 된 여러분을 보니 반갑기가 이루 말할 수 없을뿐더러 전쟁에 승리할 거라는 확신도 생깁니다. 왜로부터 나라를 지켜낸 이순신 장군께서 말씀하시길, 싸움에 있어 죽고자 하면 반드시 살고 살고자 하면 죽는다고 하셨소. 우리, 조선의 아들들이 그같이 목숨을 걸고 싸워 이 나라와 백성들을 구해냅시다!"

심기원의 연설을 들으니, 경진은 싸우기로 결정하길 참 잘했다고 생각했습니다.

다음 날 해가 뜨고서야 경진은 삼각산에 머무르고 있는 조선군의 규모를 눈으로 볼 수 있었습니다. 지금까지 이렇게 많은 사람들이 모인 것을 본 적이 없는 것 같았습니다. 그동안 다들 어디에 흩어져 있었던 것일까요. 어제 유도대장이 했던 격려의 말이 다시 떠오르며 이들이 무척이나 반갑게 느껴졌습니다.

"이 정도면 정확하게 수 세기도 어려워 보이는데? 몇천 명은 되겠어. 그런데 넌 검이 무겁지 않으냐?"

영배는 얼마 전에 받은 검을 살짝 휘둘러 보며 경진에게 말했습니다.

"뭐, 별로."

경진은 애써 태연한 척하며, 목소리가 떨리는 걸 안 들키려고 최대한 애쓰며 대답했습니다. 막상 검을 받아보니 이상하게 심장이 빨리 뛰고 호흡도 가팔라졌습니다. 둘이 이렇게 심심한 대화를 나누고 있을 때 박영인이 나타났습니다.

"부대를 여럿으로 나누고 있다. 얼마 안 있어 본격적으로 적과 싸움을 시작할 것 같아. 따라오너라."

박영인의 표정이 무척이나 진지하고 그 목소리도 자못 엄격하여, 둘은 아무런 대꾸나 질문도 하지 않은 채 그를 따라갔습니다. 경진과 영배 말고도 박영인을 따르는 사람은 수십 명이 됐습니다. 박영인이 앞장서서 그들을 데리고 어디론가 떠났습니다.

얼마 뒤, 그들이 멈춘 곳은 내리막길의 어느 좁은 길목이었습니다. 길은 두 사람이 겨우 지나갈 정도로 좁았습니다. 박영인이 사람들을 자신의 주변에 바짝 서게 한 다음 지시를 내렸습니다.

"우리는 두 편으로 나누어서, 이 길의 양쪽에 매복해 있을 것이오. 남한산성으로 가는 길목을 뚫기 위한 전투가 곧 시작될 것인데 우리의 임무는, 전투에서 패하고 후퇴하는 청나라 군사들을 여기에서 다시 한 번 무찌르는 것입니다. 보다시피 길이 경사도 심하고 좁아서, 우리가 숨어서 갑자기 공격하면 오랑캐들은 감히 어쩌지 못할 것입니다."

말을 마친 박영인은 군사들을 두 편으로 나누어 길 옆 풀과 나무 뒤에 숨게 했습니다. 경진과 영배는 나란히 있을 수 있게 배치해 주었습니다. 그러고는 아무 소리도 내지 말라고 모두에게 단단히 주의를 주었습니다.

모두 박영인의 지시에 따라 숨어서 말없이 있었지만, 그들은 이미 하나로 묶여 있었습니다. 청나라 군사를 맞이하여 한바탕 싸워보자고 서로가 서로를 말없이 격려하고 있었습니다.

밥 한 끼를 먹을 정도의 시간이 지나자, 과연 박영인의 말대로 산 윗자락에서 함성이 울려 퍼지며 전투가 시작됐음을 알려주었습니다. 곧이어 조총이 발사되는 소리, 화살이 날아가는 소리, 검과 검이 부딪히는 소리, 아픔을 참지 못하고 질러대는 비명 소리 등이 들려오기 시작했습니다.

모두 말없이, 그러나 똑같이 한마음으로 조선군을 간절히 응원하였습니다. 어떤 이는 눈을 감고 있었습니다. 어떤 이는 차마 고개를 들지 못하고 있었습니다. 눈에 보이지는 않으니, 조선군이 이기고 있는지, 그 반대인지 알 길은 없었습니다. 그저 조선군이 이기고 있다고 스스로 믿는 것이 마음 편했습니다.

경진도 지그시 눈을 감았습니다. 많은 사람들이 스쳐 지나갔습니다. 아버지, 어머니, 형, 누나, 형수, 마을 사람들, 학문을 가르쳐 주시던 훈장님, 나라를 구하겠다고 근왕병에 합류한 선량한 사람들, 본 적은 없지만 남한산성에서 외롭게 애태우고 계실 임금님…….

  그리고 잠시 후 쓰게 될 검을 내려다봤습니다. 태양빛을 반사시키며 혼자서 유유하게 빛나고 있는 이 검은 무슨 생각을 하고 있을까요.

  '닭 한 마리 죽여본 적 없는 내가 사람을 찌를 수 있을까. 아냐. 지금은 이런 나약한 생각을 할 때가 아냐. 배경진! 아버지와 형을 내 손으로 함께 묻어야 했던 그때의 감정을 벌써 잊었단 말이야?'

  이렇게 스스로를 다잡으며 여러 가지 감정이 교차하고 있을 때, 전투가 끝나가는지 위에서 들려오던 소리가 점점 작아지기 시작했습니다. 그러자 경진과 그 무리는 더욱 긴장하기 시작했습니다. 이제 곧 자신들이 싸울 차례가 올 것이기 때문입니다. 조선군의 뜻대로라면, 조선군에게 혼쭐이 난 청나라 군사들 중 일부가 목숨을 부지하기 위해 이쪽 길로 도망을 올 것이었습니다.

  잠시 후, 한 무리의 군사들이 이쪽으로 오고 있는 소리가 들려오기 시작했습니다. 모두 손에 쥐고 있는 무기에 더욱 힘을 주었습니다.

  갑자기 찬바람이 그들의 머리를 스쳤고 한 무리의 군사들이 나타났습니다. 그들은 청나라 군사들이었습니다. 청나라 군사들을 본 박영인은 옳거니 했지만 금방 뭔가 어긋났다는 생각이 들었습니다. 조선군에게 패하고 도망치는 상황은 아닌 듯 보였습니다. 청나라 군사들의 표정은 누가 봐도 전투에서 승리한 군사들의 표정이었습니다. 그들의 얼굴에서 보이는 감정은 두려움, 공포가 아니라 승리감, 자신감이었습니다.

박영인은 아찔했습니다. 아무래도 위에서 벌어진 전투에서 승리한 건 조선군이 아니라 청군인 것 같았습니다. 자신들이 싸움을 걸어서 이길 수 있을지 가늠하기 위해 박영인은 청나라 군사들의 수를 파악하려고 했습니다. 행렬의 꼬리가 보이지 않는 걸로 보아 그 수가 자신들보다 더 적을 것 같지는 않았습니다. 공격해야 하나, 그대로 보내야 하나 고민하고 있었고 다른 군사들은 숨죽인 채로 박영인의 명령만 기다리고 있었습니다.

이때, 청나라 군사들 사이에서 장수로 보이는 자가 손을 번쩍 치켜들며 소리를 질렀습니다. 그러자 청나라 군사들이 순식간에 양 편으로 나누어 덮치기 시작했습니다. 다들 자신들의 매복이 들켰다는 걸 눈치챘습니다. 매복이 들킨 이상, 상황은 박영인 일행에게 불리할 수밖에 없었습니다.

자세를 낮추고 있던 조선군들은 갑자기 뛰어드는 청나라 군사들을 당해 내기 어려웠습니다. 얼마 안 돼 조선군들은 피를 흘리며 쓰러졌습니다. 일방적인 싸움이었습니다. 많은 수가 칼 한 번 못 휘둘러보고 목숨을 잃었습니다. 경진 역시 꼼짝없이 죽게 됐다고 생각했습니다.

청나라 군사 하나가 죽일 듯한 표정으로 경진에게 검을 휘둘렀습니다. 경진의 몸은 경진 자신도 모르게 반응하며, 검으로 검을 막았습니다. 청나라 군사는 아랑곳하지 않고 검을 휘둘러댔고, 경진은 자신도 믿기 어려울 정도로 여러 차례 막아냈습니다. 그러나 얼마 뒤 경진이 들고 있던 검이 튕겨져 나갔고 청나라 군사는 더욱 맹렬하게 달려들며 검을 휘둘렀습니다. 경진은 이제 진짜로 끝이구나 생각하며 눈을 질끈 감았습니다. 죽음이 바로 코앞까지 다가왔지만, 마음은 의외로 편안했습니다. 다시 한 번 가족들의 얼굴이 경진의 머릿속에 그려졌습니다.

'아버지, 형님, 저도 이제 두 분 곁으로 갑니다.'

그런데 아픔이 느껴지지 않았습니다. 청나라 군사의 검에 베여도 여러 번은 베였을 텐데 어떤 고통도 느껴지지 않았습니다. 마음은 이미 죽을 각오를 하고 있었지만 몸에서는 아무 느낌도 들지 않아 경진은 눈을 떴습니다. 눈을 뜨자마자 청나라 군사의 주먹이 번개 같은 속도로 자신을 향해 날아오는 게 보였습니다.

퍽!

경진은 그대로 정신을 잃고 쓰러졌습니다.

박영인의 추측대로 앞선 싸움에서 승리한 것은 청나라 군대였습니다. 청나라 군사들은 포로로 잡은 조선의 군사들에게 캐물어서 매복 부대가 있다는 것을 알고 그에 대비하였던 것입니다. 그에 따라 박영인이 대장으로 있던 부대 역시 완패하고 많은 군사들이 청나라 군사들의 칼 아래 피를 뿌렸습니다.

청나라 군사들의 장수는 전투에서 승세를 완전히 잡고 나서는 남은 군사들을 포로로 삼기 위해 더 이상 죽이지 말고 산 채로 사로잡으라고 명했습니다. 그래서 경진은 피의 소용돌이 속에서 다시 한 번 목숨을 구할 수 있었습니다.

쉬이익~ 쉬이익~.

낯설기도 하고 낯익기도 한 것 같은 소리가 들려옵니다.

'이게 무슨 소리지.'

경진은 지금 들려오는 소리가 무슨 소리인지, 지금 내가 어디에 있는지 파악하려고 안간힘을 썼습니다. 그런데 머리를 쥐어짜면 짤수록 머리가 아파왔습니다. 아까 청나라 군사에게 맞은 기억이 떠올랐습니다. 머리가 빙글빙글 도는 가운데, 정신을 잃지 않으려고 안간힘을 썼습니다. 동굴 깊은 곳에 있는지 주변은 온통 새까만 어두움뿐이었습니다. 이 불길한 어두움에서 빨리 벗어나고 싶다는 생각이 들었습니다.

그때, 저 멀리서 하얀 점 하나가 점점 경진을 향해 다가오고 있었습니다.

'뭐지?'

아까 자신을 베려 하던 검인 것 같아 섬뜩했습니다. 하얀 점은 경진을 다가옴에 따라 조금씩 조금씩 커져갔습니다. 자세히 보니 하얀 것은 점이 아니라 옷이었습니다. 그 옷은 눈처럼 희디흰 소복이었습니다.

'누구야?!'

경진은 두근거리는 마음으로 흰 소복 입은 사람을 주시했습니다. 검은색 천지라 오직 흰 소복만이 보였고, 경진은 그 소복에만 온 신경을 집중했습니다. 흰 소복을 입은 사람은…… 어머니였습니다! 항상 가족만을 생각하며 지금까지 겪어왔던 고통이 이렇게 보상받나 봅니다. 경진이 어머니임을 알아봤을 때 어머니 역시 경진을 알아본 듯한 표정이었습니다. 경진의 입꼬리가 저절로 올라갔습니다. 보고 싶던 어머니……. 그런데 어머니는 반갑지가 않나 봅니다. 슬픈 눈빛으로 경진을 쳐다만 볼 뿐 아무런 말이 없었습니다.

"어머니!"

경진은 크게 소리 질렀습니다.

소리를 지르자 눈이 번쩍 떠졌습니다.

"아앗!"

동굴에서 순식간에 튕겨져 나온 것처럼 어두움은 온데간데없고 샛노란 빛만이 하염없이 경진의 얼굴에 쏟아졌습니다. 놀란 경진은 순간적으로 눈을 감았지만 어머니를 놓치지 않으려는 마음에 잔뜩 힘을 주고 다시 눈을 떴습니다. 눈부심은 고양이 앞의 쥐처럼 살금살금 물러났습니다. 그러자 경진의 정신도 곧 제자리로 돌아왔습니다.

"이거였구나."

경진의 눈에는 다시금 흰 소복들이 보이기 시작했습니다. 하지만 어느새 소복은 소복이 아니라 눈이라는 걸, 경진은 가슴 아프지만 받아들여야 했습니다.

원망의 마음을 품고 경진은 하늘에서 떨어지는 눈을 멍하니 쳐다보았습니다.

'나라를 위해 싸우다 장렬히 죽어간 우리 조선 군사들의 시신을 덮어주려고 내리는 건가,

아님 오랑캐들의 승리를 축해주려고?'

쏟아지는 눈발은 아무런 대답도 하지 않은 채로 천천히, 그러나 끝도 없이 땅에 발을 내디딜 뿐이었습니다.

널브러진 시체와 얼마 전까지만 해도 그들 손에 들려 있던 무기들…… 그들이 뿜은 피들…… 의기양양한 표정의 청나라 군사들…….

경진은 다시 냉혹한 현실로 돌아왔습니다. 정신이 들자 이번에는 몸을 일으키려고 했습니다. 그런데 팔이 말을 듣지 않았습니다. 이윽고 자신의 몸이 포박으로 묶여 있는 걸 확인했습니다. 아버지와 형을 잃은 그날 마을 사람들이 그랬던 것처럼 말입니다.

"근왕병들로부턴 소식이 없는 것이오?"

임금이 주위를 둘러보며 물었습니다. 그러나 다들 고개만 숙이고 있을 뿐 선뜻 나서서 대답하는 자가 없었습니다. 누구도 대답하지 않았지만 그것이 곧 대답이었습니다. 아무도 감히 말을 꺼내는 자가 없는 가운데 임금의 한숨만 길게 울려 퍼졌습니다.

청나라 군대를 무찌르고 남한산성에 고립돼 있는 임금과 조정을 구하고자 여러 지역에서 근왕병들이 일어났지만 결과는 삼각산과 크게 다르지 않았습니다. 전라도, 충청도, 평안도, 경상도 등 지역을 가리지 않고 근왕병들이 남한산성을 향했으나 대부분이 패하거나 이렇다 할 소득이 없어 남한산성은 외로운 처지를 벗어날 길이 없었습니다. 시간은 남한산성 안의 임금과 백성들이 불쌍하지도 않은지 단 한 번 멈추는 일 없이 묵묵히 앞을 향해 달려갔습니다. 청나라 군대에게 포위당해 식량 보급이 안 되니, 결국에는 말까지 잡아먹고 추위를 참지 못하여 얼어 죽는 병사까지 생겨나는 지경에 이르렀습니다.

상황이 여기까지 이르게 되자 청나라에게 항복하여 전쟁을 끝내자고 주장하는 사람들이 생겨나기 시작했습니다. 이들을 주화파라고 불렀습니다. 대표적인 사람이 이조판서 최명길이었습니다.

반면에 끝까지 청나라와 싸우고 명나라와의 의리를 지켜야 한다고 주장하는 사람들도 있었습니다. 이들을 척화파라고 불렀습니다. 척화파의 대표적인 사람은 예조판서 김상헌을 들 수 있었습니다.

최명길과 김상헌은 임금을 설득하기 위해 날마다 설전을 벌였습니다.

"전하, 바깥에서는 힘없고 불쌍한 백성들이 지금 이 순간에도 저들의 칼 아래 쓰러져 가고 있사옵니다. 이곳도, 저들이 직접 쳐들어오지 않았을 뿐이지 사정은 별반 다르지 않사옵니다. 관료들은 물론이고 전하께서도 드시는 양을 줄이셨지만 이마저도 더 줄여야 하지 않나 싶을 정도로 식량 사정이 좋지 않사옵니다. 게다가 병사들은 손발이 동상 들고 얼어 죽는 자들까지 있는 상황에서 어찌 싸움을 이길 수 있겠습니까. 화친을 맺어서 더 이상의 피해가 없게 해야 하옵니다!"

최명길이 이렇게 말하자 김상헌이 눈을 부릅뜨며 지지 않겠다는 듯이 큰 소리로 대꾸했습니다.

"이럴 때일수록 용기를 가지고 아랫사람들을 격려해야 할 이판 대감께서 이런 망언을 하는 게 있을 수 있는 일입니까! 임진왜란을 극복하고 이 나라가 지금까지 명맥을 이어올 수 있었던 게 대관절 누구 덕이었는지 벌써 잊었단 말이오?"

임진왜란 때 명나라가 군사를 보내어 조선을 도와준 일을 김상헌은 말하고 있었습니다. 최명길이 아무런 대답이 없자 김상헌은 목소리를 높이며 말을 이었습니다.

"명나라 아닙니까! 그런데 그 크고 깊은 은혜를 잊고 오랑캐와 손을 잡는 게 가당키나 한 일이겠소? 우리가 저들과 화친을 맺게 된다면, 청나라는 분명히 명나라를 공격하는 데 우리 힘을 동원할 것이라는 건 대감도 잘 알 것이오. 선비 된 자로서 은혜를 원수로 갚겠다는 생각은 차마 할 수 없소이다."

"저 역시 명나라와의 관계는 중요하게 생각하고 있소이다. 하지만 그것도 우선 우리 조선이 건재한 다음의 일입니다. 백성들이 다 죽어나가고 나라가 망하고 나서도 명나라와의 의리 운운할 것입니까? 당장은 우리나라를 온전하게 지켜내는 것이 우선이외다."

"이판 대감은 왜 하나만 보고 둘은 보지 못하는 것이오? 대의를 지키며 오랑캐와 끝까지 싸우다 죽는 것이 더 명예롭다는 생각은 하지 못했소? 설령 우리가 오랑캐와 화친을 맺어 나라를 지켰다 칩시다. 명나라는 물론이고 온 나라가 이 조선을 비웃으며 하찮게 여길 것이오. 또한 우리의 후손들이 그런 결정을 내린 우리를 어떻게 평가할지…… 생각만 해도 소름이 돋소이다."

"그건 그렇지가 않습니다. 지금 당장은 상황이 어려워서 일시적으로 화친을 맺는 거지, 저 역시 저 오랑캐들과 영원히 화친을 맺자고 하는 것은 아닙니다. 우선은 나라를 보존하고, 뒤를 잘 도모한다면 나중에라도 이 설욕은 되갚을 수가 있는 것입니다. 우리의 힘을 조금이라도 지켜내기 위해 슬프지만 지금은 항복할 때입니다."

"왜 싸워보지도 않고 자꾸 화친을 맺자고 하는 것이오?"

"산성 안에서 안락하게 있으니 예판 대감께서는 바깥 사정을 모르신단 말입니까? 바깥의 들은 우리 백성들의 시체로 그 틈이 없고, 강은 백성들의 피로 붉게 물들어 있소이다. 한시라도 이런 피해를 막아야 한단 말입니다! 불에 데고 나서야 불이 뜨겁다고 하실 겁니까?"

"그렇다고 해도 싸워보지도 않고 화친을 맺는다면 청나라 오랑캐는 물론이고 사방의 민족들이 우리 조선을 우습고 하찮게 여길 것이오."

"말씀드렸듯이 그건 일시적인 깁니다. 지금은 웅크렸다가 훗날을 도모해야 합니다."

최명길과 김상헌이 이렇듯 치열하게 설전을 벌이고 있을 때 급한 소식이 들어왔습니다.

"곳곳에 대포가 배치되고 있습니다. 청나라 군사들의 움직임을 보니 지금이라도 대포를 쏠 기세입니다. 그중 몇 개는 궁궐을 겨누고 있사옵니다!"

이렇듯 들려오는 소식은 온통 안 좋은 소식뿐이었습니다.

"전하, 결단을 내려 주시옵소서. 지금은 청나라와 화친을 맺어야 하옵니다."

최명길이 간곡하게 말했습니다.

"아니 되옵니다! 오랑캐와 손을 잡는 건 씻을 수 없는 치욕이옵니다. 죽는 한이 있어도 끝까지 싸워야 하옵니다! 그런 각오로 싸우면 반드시 길은 열리는 법이고 우리의 굳센 각오를 저들에게 보인다면 저들 역시 함부로 우리를 공격하지 못할 것이옵니다!"

김상헌 역시 지지 않고 말했습니다.

"경들의 뜻은 잘 알겠소. 시간을 조금만 주시오. 이만들 물러가시오."

임금의 목소리에는 초조함과 절망감이 그대로 드러나 있었습니다. 임금은 누구의 편도 들지 않은 채 더욱 생각에 잠기었습니다. 굳게 다문 입, 지그시 감긴 눈, 꿈틀거리는 눈썹……. 임금은 생각하고 또 생각했습니다.

끝을 향하는 전쟁

남한산성이 한눈에 내려다보이는 곳에 청나라 군대가 자리 잡고 있었습니다. 깃발들이 나부끼는 막사들 사이사이로 청나라 군사들이 분주하게 움직이고 있었는데, 추운 날씨에도 누구 하나 불안해하거나 걱정하는 기색이 없었습니다. 오히려 산성쯤은 언제든 마음만 먹으면 점령할 수 있다는 듯, 여유와 자신감이 가득했습니다. 대포는 남한산성을 향한 채 언제든지 포를 날릴 준비를 하고 있었습니다. 그 중심에 있는 가장 크고 화려한 막사 안에 청나라 황제 홍타이지가 야심 찬 얼굴을 하고 여러 신하와 장수들을 마주하고 있었습니다.

"산성 안의 군사들은 제대로 먹지도 못하고 얼어 죽기까지 하며, 밖에서는 근왕병이랍시고 여기저기서 모인 오합지졸들 역시 목숨만 잃어가고 있는데 조선의 왕은 무슨 생각으로 아직도 산성 안에서 나오지 않는단 말인가? 정말로 끝까지 싸울 작정인 건가?"

홍타이지가 비웃는 표정을 지으며 말했습니다.

"그들도 승산이 없음을 알고 있을 것입니다. 듣자 하니, 우리에게 항복해야 한다고 주장하는 사람들도 제법 생겨나고 있다고 합니다."

청나라 장수 마부대가 염려 말라는 듯이 대답했습니다.

"지금 조선이 두려워하는 건 임금이 성 밖으로 나와 항복을 하는 것입니다. 항복은 하더라도 임금이 우리에게 모습을 드러내는 수치만큼은 피하겠다, 이 생각입니다."

다른 장수 용골대가 옆에서 거들며 말했습니다.

"훗, 가소롭구나. 이번에 내가 직접 온 이유가 무엇이겠느냐. 이번만큼은 기필코 조선의 임금을 내 앞에 무릎 꿇릴 것이다. 제 자식들과 신하들, 온 백성들이 보는 앞에서 무릎 꿇릴 것이다. 그래서 우리를 오랑캐라고 업신여기는 그 못된 버릇을 고쳐놓고 감히 우리와 싸울 생각을 다시는 하지 못하게 그 기세를 꺾어 놓겠다. 아부하고 조공을 바치며 명맥을 이어오던 우리의 불명예스러운 역사는 이제 끝이다. 조선은 영원히 우리 청의 신하국이 될 것이야!"

이렇게 말하는 홍타이지의 얼굴은 어느새 비장한 표정을 한 채 살기를 머금고 있었습니다. 그 험악한 분위기에 압도당했는지, 신하와 장수들은 자리에서 벌떡 일어나 두 손을 높이 치켜들며 소리 질렀습니다. 그들의 표정 역시 어느새 비장해 있었습니다.

"황제 폐하 만세! 청나라 만세!"

"황제 폐하 만세! 청나라 만세!"

그들의 황제와 나라를 찬양하는 만세가 끝나자 홍타이지는 차분하게 명령을 내렸습니다.

"포탄을 쏘아라! 몇 발은 직접 행궁을 향해 쏘되, 조선의 임금을 다치게 해서는 안 된다!"

홍타이지가 명령하자 몇몇의 장수들이 쏜살같이 밖으로 달려 나갔습니다.

이에 그치지 않고 홍타이지는 더 명령을 내렸습니다.

"강화도를 공격할 준비는 다 되었겠지? 강화도를 점령하라! 그리고 그곳에 숨어가 있는 왕족들을 모조리 이곳으로 잡아와야 한다. 왕족들을 포로로 삼으면 조선의 왕도 산성을 나오지 않고는 못 베길 것이다."

홍타이지는 조선이 이번에도 강화도를 이용할 걸 예측하고, 강화도 공격을 준비하라는 지시를 이미 해둔 상태였습니다. 명령을 내리며 홍타이지는 정복의 희열을 느꼈습니다. 조선의 왕이 자신 앞에 무릎을 꿇고 조선이라는 나라가 자신의 손아귀에 들어오는 게 이제 코앞이라고 생각하자 희열은 더욱 커졌습니다.

황제의 단단한 의지를 바로 앞에서 느낀 청나라의 장수와 신하들 역시 다시 한 번 마음을 다잡고 각자의 역할에 몰두하였습니다.

세자는 처소 안에만 있기가 답답하여 밖으로 나왔습니다. 날씨는 여전히 쌀쌀했고 하늘도 더없이 우중충해 보였습니다. 답답한 마음을 달래볼까 하였지만 밖을 거닐어도 마음은 별반 달라지지 않았습니다.

그러다가 지나가는 이조판서 최명길을 만났습니다.

"저하, 날씨도 좋지 않은데 어인 일로 바깥에 나와 계시옵니까."

"언제까지고 처소에만 머물고 있을 수는 없는 노릇 아니겠습니까. 요즘 상황은 어떤가요?"

"별반 달라진 건 없습니다만 청나라의 압박이 갈수록 거세지고 있습니다. 계속 이대로 있다간 정말 큰일이 날 수도 있습니다. 하루빨리 화친을 맺어야 더 큰 화를 면할 수 있습니다."

최명길은 우선 세자라도 설득하자는 생각으로 말했습니다.

"주화냐 척화냐 결정하기 전에 어쩌다 나라가 이 지경에 이르렀는지에 대한 반성이 먼저 필요할 것 같습니다. 변방의 군기가 어떠하길래 청군이 이렇게 빨리 한양까지 들이닥치고, 그 소식은 한참 지나서야 전달된단 말입니까? 이에 대한 반성 없이는 주화든 척화든 일시적인 변통에 지나지 않을 것입니다."

세자의 예리한 지적에 최명길은 뜨끔하였습니다.

세자는 다른 대신들의 생각은 어떠한지, 군사들의 사기는 어떠한지 등등을 물어보며 대화를 이어나갔습니다.

그때였습니다. 멀지 않은 곳에서 크면서도 날카로운 폭발음이 들려왔습니다. 남한산성 안에 있는 사람들 중 누구 하나 놀라지 않는 자가 없었습니다.

"이건 대포 소리 아니오?"

세자 역시 깜짝 놀라 최명길을 바라보며 물었습니다.

"그렇사옵니다. 이놈들이 드디어…… 저하, 위험하오니 어서 안으로 드시옵소서."

포탄 떨어지는 소리는 한 번으로 그치지 않았습니다. 이후에도 여러 발이 발사되면서 산성 안의 사람들을 두려움에 떨게 만들었습니다.

강화도가 다른 곳보다 더 안전하다지만, 강화도로 피신 온 일행에게도 하루하루가 피 말리는 날이긴 마찬가지였습니다. 남한산성이 청나라 군대에게 포위됐다는 소식을 들었기에 임금과 세자는 무사히 잘 있는지, 조정은 어떤 대비를 하고 있는지 궁금하지 않을 수 없었습니다.

세자빈과 임금의 둘째 아들인 봉림대군이 이야기를 나누고 있었습니다.

"대군, 아바마마와 세자 저하께선 무사하시겠지요? 걱정이 태산 같아서 잠도 제대로 못 잘 지경입니다."

"별일 없을 것이옵니다. 남한산성은 천연의 요새로서, 비록 지금 당장은 청나라 군대가 용맹을 떨치고 있지만 남한산성을 쉽게 넘보지는 못할 것입니다. 남한산성에서 옥체[1]를 보존하시며 뒷일을 준비하고 계실 것이옵니다. 너무 염려 마소서."

"청나라 군대가 어떻게 며칠 만에 그렇게 빨리 한양까지 올 수 있었는지 의아할 뿐입니다. 우리 조선의 군대가 이렇게도 약했단 말입니까? 이 나라가 어찌 될지……."

이렇게 묻는 세자빈의 말에 봉림대군은 그다지 할 말이 없었습니다. 자신도 그 점이 궁금하고 어이없었기 때문이었습니다.

---

1 임금의 몸을 높여 부르는 말.

"여기 강화도는 우리가 언제까지고 마음 놓고 있을 수 있겠습니까?"

걱정이 잔뜩 배어있는 목소리로 세자빈이 다시 물었습니다. 봉림대군은 그 걱정스러움을 바로 알아채고 되물었습니다.

"염려되시는 거라도 있으시옵니까, 빈궁 마마?"

"김경징 말이옵니다. 검찰사[1]로 임명돼 방어에 총책임을 지게 된 자가 어찌 그렇게 행동이 가볍고 무책임하며 왕족들에게 무례할 수 있는지요. 여기 강화로 들어올 때에도 왕족을 기다리게 만들고 자신의 가족과 친지부터 챙기던 모습을 대군께서도 보셨지요?"

"네, 봤습니다. 저 역시 그를 탐탁지 않게 여기고 있사옵니다."

"자기 사람들부터 먼저 챙기느라 배가 없어 월곶 나루에서 이틀이나 기다린 걸 생각하면 지금도 꽤씸한 마음이 가시질 않습니다."

세자빈은 김경징이 바로 앞에 있기라도 한 듯이 화를 참지 못하며 말했습니다.

"요즘에도 강화도의 지형만 믿고 술만 마시고 있다지요?"

"저 역시 그자 때문에 마음이 편하질 못했습니다. 빈궁 마마의 걱정이 다른 게 아니고 그자 때문이라니 오히려 다행이라 느껴졌습니다. 더 이상 그대로 둬서는 안 될 것 같아서 오늘 김상용 대감과 함께 그를 찾아가기로 약속해 둔 상태입니다. 제아무리 영의정의 아들이라 해도 원임 대신[2]까지 나서서 한 마디 하신다면 제멋대로 하지만은 않을 것이옵니다."

---

1 지금의 경비사령관에 해당하는 직책.

2 은퇴한 대신. 나라에 큰 일이 있을 때 원임대신들은 종종 임금의 부름을 받기도 했다.

"그래요. 대군께서 힘써주시길 부탁드립니다."

세자빈은 봉림대군에게 믿음을 보이며 고개를 끄덕였습니다. 봉림대군은 형수인 세자빈에게 인사를 하고 물러났습니다.

임금에 의해 강화 검찰사로 임명된 김경징은 임금과 세자도 강화도로 가야 한다고 주장했던 영의정 김류의 아들이었습니다. 하지만 그는 아버지와 달리 인성도, 능력도 안 되는 자였습니다. 세자빈의 말대로, 그는 강화도가 섬인 점만 믿고 별다른 대책도 세우지 않은 채, 나라가 위기에 빠진 와중에도 술이나 마시면서 한가롭게 지내고 있었습니다. 아버지가 영의정이니, 그 위세 때문에 다른 사람들이 자신을 지적하지 못할 것이라는 생각도 하였습니다. 그런 사람을 강화 검찰사로 임명한 게 임금의 실수라면 실수였습니다.

봉림대군은 원임 대신 김상용과 함께 김경징을 찾아갔습니다. 한창 군사들을 다독이고 주변을 꼼꼼히 살피고 있어야 할 그는 오늘도 술을 마셨는지 술 냄새를 풍기면서 봉림대군과 김상용을 맞이했습니다.

"아니, 귀하신 분들께서 여기까지 웬일이십니까? 저와 함께 술 한잔 하시겠습니까? 하하핫."

대군과 원임 대신을 보고도 김경징은 어려워하거나 꺼리는 기색이 없었습니다.

"오늘도 술을 드셨습니까?"

봉림대군은 이미 눈치를 챘지만 모른 척하며 물었습니다.

"뭐 보시는 바와 같이……."

그게 무슨 대수냐는 듯이 이죽거리며 김경징이 대답했습니다.

"지금 나라가 어떤 상황인지 알고도 날마다 이렇게 술만 드신단 말입니까?"

봉림대군이 강직한 목소리로 말했습니다. 하지만 김경징 역시 지지 않고 봉림대군을 똑바로 노려보며 대꾸했습니다.

"대군, 그게 무슨 섭섭한 말씀이십니까? 지금 강화도가 이렇게 평화로운 게 누구 덕분이오? 나 김경징이 있기 때문입니다! 그런데 누구 하나 감사해하는 사람이 없어서 스스로 술로써 위로하는 것뿐인데 대군 말씀이 너무 심하시오."

봉림대군은 어이가 없었지만 화를 애써 누르고 말했습니다.

"오랑캐들이 언제 올지 모르는 일이니 술은 자제하시고 방어에 힘써 주시오!"

옆에 있던 김상용도 봉림대군을 거들었습니다.

"지금은 이러고 있을 때가 아니라네!"

"하하하! 지금 이 몸을 가르치려 들려는 겁니까? 두 분 말씀대로 지금 상황이 어떤 때인데 감히 검찰사에게 이래라 저래라 하는 거요! 피난 왔으면 목숨 유지할 생각이나 하면서 조용히 숨어나 계시는 게 대군과 대감들의 할 일이오! 나에게 명령하는 게 아니고!"

김상용은 이제 화나기보다는 슬퍼졌습니다. 이런 자를 검찰사로 믿고 의지해야 하는 여러 사람들이 불쌍하게 느껴졌습니다. 말하는 걸 보니 이놈은 틀려먹었다는 생각이 들었지만 그래도 마지막으로 한 마디 더 해보자는 마음으로 김상용은 김경징을 꾸짖었습니다.

"너의 아버지는 지금 임금을 모신 채 산성에 갇혀 있다. 언제 어떤 화를 입을지 모르는 상황에 처해 있으면서 나라를 위해 고군분투[1] 중일 터인데 아들이라는 자는 술만 마시고 있으면 되겠느냐. 너의 이런 행동이 아버지의 명성에 먹칠한다는 걸 진정 모른단 말이냐. 빈궁 마마와 대군들, 원손 마마까지 여기 계신다. 그분들뿐이더냐. 지금 네 손에 달린 목숨이 얼마인데 날마다 술타령이란 말이냐. 정신 차리거라!"

그러나 김경징은 반성하는 기색이라곤 눈곱만큼도 없이, 들고 있던 술잔을 내리 던졌습니다. 술잔은 바닥에 닿자마자 산산조각 났습니다.

"에잇! 오늘은 술맛이 없더라니! 나는 모르겠으니 잘난 대군과 대감께서 한번 힘써보시구려!"

그러고는 그대로 어디론가 사라져버렸습니다.

목적을 달성하기는커녕 김경징에게 모욕만 당한 봉림대군과 김상용은 혀를 끌끌 차며 처소로 돌아갔습니다.

'아바마마께서는 어찌하여 이런 한심한 자를 검찰사로 삼으셨단 말인가. 빈궁께는 뭐라고 말씀드려야 하나.'

봉림대군의 마음은 큰 바윗덩이처럼 무겁기만 하였습니다.

---

1 孤軍奮鬪. 힘에 벅찬 일을, 온 노력을 다해 감당한다는 뜻.

봉림대군과 김상용이 사라진 걸 확인한 김경징은 다시금 술을 마실 생각으로 자신의 방으로 향하고 있었습니다. 다들 두렵고 긴장된 마음으로 하루하루를 보내는 속에서도 김경징은 그저 태평하기만 하였습니다. 두 사람 때문에 짜증 나기도 했지만 다시 술 마실 생각을 하니 이내 기분이 좋아졌습니다.

그런데 그때 임시로 강화 수령을 맡고 있던 김정이 숨을 헐떡이며 뛰어왔습니다. 이런 상황이라면 누구나 다급한 일이 생겼다고 생각할 텐데 김경징은 대수롭지 않게 여기며 여유롭게 물었습니다.

"무슨 일이길래 이 밤중에 호들갑을 떠는 거냐?"

"적의 배가 갑곶 나루를 향하고 있습니다. 어두운 틈을 타 물을 건너 이곳을 향하려는 게 분명하옵니다. 시급히 대책을 마련해야 할 줄로 아옵니다!"

김경징 주변에 있던 장수와 병사들은 갑작스러운 소식에 다들 놀라움을 감추지 못했습니다.

"그 무슨 말 같지 않은 소리냐! 이 정도 날씨면 강물이 얼어도 진작 얼어있을 텐데 무슨 수로 적들이 배를 옮긴단 말이냐! 방금도 대군과 늙은 대신이 와서 헛소리를 하고 가더니 네놈마저 나를 우습게 아는구나. 헛것을 봐놓고 누구 앞에서 헛소리인 거야? 여봐라, 당장 이놈의 목을 베라!"

위기 상황임을 알리는 자신의 목을 베라는 말에 김정은 자신의 귀가 잘못됐나 싶었습니다. 놀라기는 다른 장수와 병사들도 마찬가지였습니다. 다들 머뭇거리자 김경징이 다시 고함을 질렀습니다.

"다들 귀가 먹은 게냐! 엉뚱한 소리로 사람들을 두려움에 떨게 만드는 이놈의 목을 베란 말이다!"

호랑이처럼 서슬 어린 김경징의 명령에 누구 하나 이의를 제기하지 못했습니다. 따지고 들었다간 자신의 목도 온전하지 못할 것 같았기 때문입니다. 그렇다고 김정의 목을 베려고 나서는 자가 있는 것도 아니었습니다.

"너희가 하지 않으면 내가 직접 하는 수밖에!"

그러면서 김경징은 검을 뽑아 들었습니다. 칼집에서 검이 빠져나오는 소리는 김정의 온몸에 소름이 돋게 만들었습니다. 김정이 이렇게 어이없게 죽는 건가 싶을 때, 조금 전 자신이 그랬던 것처럼 한 무리의 병사들과 장수들이 이쪽으로 뛰어오고 있었습니다.

이 모습을 본 다른 이들은 필시 무슨 일이 생겼구나 싶었지만 이때까지도 김경징은 정신을 차리지 못했습니다.

"저것들은 또 뭐란 말인가? 오늘 나를 귀찮게 하는 자들이 왜 이리 많단 말이냐?"

장수가 전하는 소식은 김정의 목숨을 살렸습니다.

"청군의 배가 나타났습니다! 이쪽 사정을 살피고 있는 것 같습니다. 상황이 위급하옵니다!"

김경징은 그제야 정신이 퍼뜩 들었습니다. 몽둥이로 강하게 한 대 맞은 듯, 술기운이 확 달아났습니다.

"그게 사실이냐? 모든 병사들을 집합시키고 무기를 나누어 주어라!"

이렇게 말하며 김경징은 부끄러운지 김정이 있는 쪽은 쳐다보지도 않았습니다.

다음 날 아침, 수십 척의 배가 강화도 앞바다를 가득 메웠습니다. 김경징은 그 배들을 보며 놀라지 않을 수 없었습니다.

"아니, 청나라가 언제 이렇게 해전을 준비했단 말인가!"

육지 쪽으로 다가오는 청나라 배들의 속도가 마치 초원을 달리는 말처럼 느껴졌습니다. 순식간에 육지에 닿은 청나라 배들에서는 군사들이 쉴 틈 없이 쏟아져 나왔습니다.

"와~ 와~!"

기선을 제압하려는 듯 청나라 군사들은 일제히 소리를 질러대며 조선의 군사들을 향해 달려들었습니다.

"조총을 발사하라!"

김경징은 다급하게 소리쳤습니다. 그러나 무슨 일이든지 준비가 철저해야 하는 법. 김경징이 그동안 술 등으로 허송세월을 보내는 동안 무기들도 관리가 잘 안 돼 화약엔 습기가 차서 제대로 발사되는 조총은 손에 꼽을 지경이었습니다.

조총도 말을 안 듣고, 청나라 군사들의 위엄에 눌려 조선의 군사들은 금방 사기가 꺾이고 말았습니다. 사방에서 청군의 검이 번뜩이고 날카로운 비명과 함께 군사들이 죽어나갔습니다. 청군의 배 일부에서는 대포도 발사됐습니다. 들리는 건 대포 소리와 청나라 군사들의 함성 소리, 그리고 조선 군사들의 비명뿐이었습니다.

'글러먹었구나! 우선 성 안으로 들어가 대책을 강구하자!'

김경징은 이미 전세가 기울었음을 알고 그대로 강화성 안으로 들어가 버리고 말았습니다. 대장이 이 꼴을 보이니 아랫사람들이야 말할 것도 없었습니다. 일부는 김경징과 함께 성 안으로 도망가고 일부는 산속이 더 안전할 것 같아 산을 향해 도망가기 시작했습니다. 군사가 아니라 그저 나 몰라라 하고 달리는 도망자일 뿐이었습니다. 미처 도망가지 못하거나 끝까지 싸우려는 군사들은 청나라 군사들의 칼 아래 쓰러질 뿐이었습니다.

청나라 군대가 상륙했다는 소식은 금방 강화성 안까지 전해졌습니다.

김경징의 그간 행태를 보아온 봉림대군은 직감적으로 강화성도 얼마 못 가 점령당할 거라는 예감이 들었습니다. 분하고 원통한 일이었지만 피할 수 없는 일이라는 불길한 예감이 가시질 않았습니다.

'원손과 빈궁 마마를 살려야 한다!'

봉림대군은 세자빈에게 갔습니다.

"빈궁 마마!"

세자빈 역시 이미 소식을 듣고 놀라워하고 있었습니다.

"결국 사태가 이 지경에 이르고야 말았군요! 이제는 어찌해야 한단 말입니까!"

세자빈의 목소리는 절망에 휩싸여 있었습니다. 밖에서는 청나라 군사들의 함성이 점점 크게 들려왔습니다. 시간이 없었습니다.

"전세를 뒤집긴 매우 어려워 보입니다. 피하셔야 하옵니다!"

세자빈을 살리려는 사람은 봉림대군뿐만이 아니었습니다. 이미 여러 내관[1]과 시녀들이 몰려와 평민들이 입는 옷을 가져와 세자빈에게 내밀었습니다.

"마마, 옷을 갈아입으시어 신분을 숨기셔야 하옵니다!"

"나는 조선의 세자빈이다! 죽어도 세자빈으로서 죽을 것이야!"

세자빈은 옷 갈아입기를 거부하였습니다. 그러나 아랫사람들도 지지 않았습니다.

"마마! 이 나라의 종묘사직을 잊지 말아주십시오!"

"혹여 마마께 무슨 일이라도 생기면 여기 있는 사람들 중 누구 하나 목숨을 유지하지 못할 것이옵니다!"

세자빈은 그렇게 말하는 내관과 시녀들을 둘러보았습니다. 다들 하나같이 눈물을 흘리고 있었습니다. 자신과 왕족들을 보호하고자 강화도까지 따라온 자들이었습니다. 세자빈은 더 이상 고집부리지 않는 게 그들과 자신을 위해 할 일이라고 생각하였습니다. 그러나 장차 왕위를 이을 원손만큼은 어떻게든 그 목숨을 지켜주고 싶었습니다.

"좋습니다! 그대들의 뜻에 따르겠소! 하지만 원손은 꼭 지키고 싶습니다. 원손을 어떻게 해서든지 이 섬에서 탈출시켜 주세요!"

세자빈이 간절히 말하자 모두의 시선이 세자빈의 품에 안겨있는 원손을 향했습니다. 세자가 무사히 왕위에 오르면 그 뒤를 이어 세자에

---

1 임금의 시중을 들거나 숙직 따위의 일을 맡아보던 남자.

책봉되고 훗날 왕위에 오를 원손! 태어난 지 1년도 안 된 갓난아기였지만 왕실에서는 더없이 소중한 존재였습니다.

세자빈의 간절한 부탁에 내관 몇 명과 세자빈의 남동생인 강문성이 나섰습니다.

"마마, 저희가 목숨 걸고 원손 마마를 지키겠나이다."

"아직 청군의 발길이 닿지 않은 바닷가에 배를 준비해 놓으라 했사옵니다."

이별 인사를 할 여유는 주어지지 않았습니다. 세자빈은 가슴 가득해지는 아픔을 애써 외면한 채 원손을 내관에게 넘겨주었습니다. 이제 세자빈의 눈에서도 눈물이 뚝뚝 떨어지고 있었습니다.

"석철아! 꼭 무사히 이 어미와 다시 만나자꾸나! 흑흑."

"응애~ 응애~!"

자신의 몸이 어머니의 품에서 내관의 손으로 몸이 옮겨지자 불안을 느꼈는지, 아니면 어머니의 슬픔을 느꼈는지 원손도 갑자기 울음을 터트렸습니다.

모정이 그대로 묻어나는 세자빈의 외침과 원손의 울음소리에 눈물 흘리지 않는 자가 없었습니다. 원손을 건네받은 내관들과 강문성은 쏜살같이 달려 나갔습니다. 세자빈은 그들로부터 눈길을 거둘 수가 없었습니다.

"석철아!"

세자빈은 부질없는지 뻔히 알면서도 원손의 이름을 힘껏 불렀습니다.

"빈궁 마마, 시간이 없습니다. 어서 피하십시오."

더 이상 기다려줄 여유가 없는 봉림대군이 눈물을 애써 참으며 재촉했습니다.

"대군께서는 같이 안 가십니까?"

"마지막으로 검찰사를 만나보려고 합니다. 하늘이 무너져도 솟아날 구멍이 있다고 하지 않았습니까."

굳건한 자세로 봉림대군이 말했습니다. 봉림대군은 마지막으로 한 번만 김경징을 믿어보고자 했습니다. 이미 말릴 수 없음을 감지한 세자빈이 헤어지는 인사를 하였습니다.

"부디 몸조심하십시오."

세자빈 일행과 헤어진 봉림대군은 김경징을 찾아 나섰으나 그를 만나지는 못했습니다.

이때 김경징은 자신들의 가족들과 함께 있었습니다. 김경징의 어머니, 아내, 며느리까지도 그와 함께 강화도로 들어와 있었습니다.

"아들아, 밖에서 이토록 험하게 들리는 소리는 무엇이더냐? 밖에서 무슨 일이 일어난 거냐?"

김경징의 어머니가 울면서 물었습니다. 김경징은 순간 창피함을 느꼈지만 오히려 큰소리로 가족들에게 말했습니다.

"나라의 운이 다하여 오랑캐에게 짓밟히기가 바로 코앞입니다. 저는 선비의 기개를 저버리지 않고 끝까지 싸울 것이나, 이길 수 있다고 장담하지는 못하겠습니다. 설령 우리가 지더라도 나라를 위해 죽는 것도 큰 명예일 것입니다."

김경징의 말에, 오로지 그에게만 의존하고 있던 여인들의 울음소리가 더 커져 갔습니다.

"오늘 내가 여기서 죽더라도!"

김경징은 이렇게 말하곤 크게 심호흡을 하더니 말을 이었습니다.

"우리 조선의 여인들이 오랑캐에게 욕보이는 건 도저히 참을 수가 없습니다. 여인들은 자결을 통해 정절을 지켜주시오!"

여인들은 이 차갑고 비정한 말에 까무러칠 듯했습니다. 김경징이 지금 자신들에게 자결하라고 말하고 있지 않겠습니까.

"경징아, 이놈아, 그게 무슨 말이냐. 네가 지금 백제의 계백[1] 장군을 흉내 내려 하는 거냐. 어서 가서 군사들과 함께 싸워서 우리를 지켜주려무나. 네가 검찰사 아니더냐."

김경징의 어머니가 김경징의 옷자락을 붙잡고 늘어졌습니다. 김경징은 어머니를 애써 모른 체하며 가장 만만한 며느리에게 검을 겨누었습니다. 며느리는 생전 처음 보는 검에 벌벌 떨었습니다.

"무엇 하느냐? 시아버지의 명령이 들리지 않느냐! 오랑캐에게 정절을 잃고 네 어찌 고개나 들고 살 수 있을 것 같으냐? 여기서 명예롭게 죽어라!"

김경징은 며느리에게 윽박질렀습니다.

---

1 백제 말기의 장군. 신라, 당나라의 연합군에 맞선 싸운 황산벌 전투를 앞두고, 살아서 욕보이느니 흔쾌히 죽는 게 낫다며 처자를 모두 죽였다. 오천 명의 결사대로 오만 명의 나·당 연합군과 싸우다 장렬히 전사하였다.

"아버지, 살려주시옵소서!"

그는 눈물을 뚝뚝 흘리며 간곡히 애원했습니다. 두려움에 떨었는지 코에서도 콧물이 질질 흘러나와, 얼굴이 이미 눈물, 콧물로 뒤범벅이었습니다.

"이 무정한 놈아, 임금께서 가족들 죽이라고 그 검을 하사하셨더냐!"

김경징의 어머니가 불쌍한 손자며느리를 감싸 안으며 김경징을 꾸짖었습니다. 그러자 이번에는 김경징의 아들 김진표가 나섰습니다.

"하늘보다 높은 시아버지 명령에 어쭙잖게 살려달라고 비는 모습이 참으로 보기 추하구나! 지아비¹의 말에도 그럴 것이냐! 지아비를 욕되게 하지 말고 어서 자결하거라!"

김진표 역시 아버지를 편들며 자신의 부인에게 자결하라고 닦달했습니다.

남편 또한 그토록 무정하게 자신에게 자결하라고 하니 기가 막힐 노릇이었습니다. 남편마저 이 모양이니 김경징의 며느리는 더 이상 살고 싶은 마음이 없었습니다.

'어찌 보호해주지는 못할망정 스스로 죽으라고 하시옵니까?'라고 말하고 싶었지만, 그저 구차하게만 보일 것 같아서 아무 말 없이 검을 받들고 스스로 배를 찔렀습니다.

"아이고, 아가야!"

김경징의 어머니와 부인이 놀라며 소리 질렀습니다. 혼은 이미 반쯤은 날아간 상태였기에 정신을 잃고 쓰러지지 않은 게 스스로에게 용해

_____
1 남편.

보일 지경이었습니다.

"할머니와 어머니는 뭐 하십니까! 며느리 보기에 부끄럽지도 않으십니까!"

김진표는 눈앞에서 아내가 죽어가는데도 슬퍼하기는커녕 이젠 할머니와 어머니에게도 빨리 자결하라고 재촉했습니다.

더는 어찌할 수 없음을 안 김경징의 어머니와 부인은, 아들과 남편이 보는 앞에서 비참하게 스스로 죽어야 했습니다.

하지만 이런 모습은 김경징의 집안뿐만이 아니었습니다. 스스로 자결을 택한 여인들도 있었고, 남자들의 강요로 자결한 여인들도 많았습니다. 많은 남자들이 여자들에게 자결을 강요했고, 말을 듣지 않으면 자신이 스스로 죽인 다음에 자신 역시 자결하기도 했습니다. 나라가 힘을 잃고 다른 민족에게 짓밟히니 그 비극이 이루 말할 수 없는 지경에까지 이른 것이었습니다.

여인들의 목숨이 끊어진 걸 확인한 김경징은 자신의 가족들의 피가 묻어 뚝뚝 떨어지는 검을 들고 밖으로 나갔습니다. 하지만 상황을 살펴본 그는 이내 도망가야겠다고 마음을 바꾸었습니다. 도저히 이길 가망이 없어 보였습니다. 가족들 앞에서 큰소리쳤던 말은 얼마 지나지도 않아 허세뿐인 물거품이 되고 만 것이었습니다. 김경징은 아예 배를 타고 섬을 빠져나갈 생각으로 강화성을 멀리한 채 달렸습니다. 이제 성 안에서 일어나는 일은 그와는 무관한 것이었습니다.

원손을 책임지게 된 강문성과 내관 일행은 말을 타고 배를 준비시켜 놓은 해안가로 달리고 있었습니다. 말들에겐 조금도 쉴 틈을 주지 않고 전속력으로 달리게 했습니다. 조금이라도 느려지는 낌새가 느껴지면 채찍으로 사정없이 엉덩이를 휘갈겼습니다. 그런데 원손이 도망간 걸 어떻게 알았는지 저 멀리서 청나라 군사들이 말을 타고 쫓아오는 게 보였습니다.

원손은 내관 중 한 명의 품에 안겨 있었습니다. 그런데 그 내관이 탄 말이 말썽이었습니다. 처음에는 잘 달리다가 지쳤는지 곧 속도가 느려졌습니다. 채찍으로 갈기는 것도 처음에나 통했지 갈수록 말을 듣지 않았습니다.

"큰일입니다. 말을 잘못 고른 것 같습니다!"

강문성도 아까부터 그 말이 조금씩 조금씩 뒤쳐지는 것이 이상하다 싶었는데 내관이 직접 그렇게 말하니 심장이 철렁하였습니다.

"청나라 군사들 때문에 상황을 살필 틈이 없소! 원손 마마를 내게로 건네시오!"

이렇게 말하며 강문성은 내관의 말 쪽으로 속도를 내리며 붙었습니다. 그 바람에 청나라 군사들과의 거리가 더 가까워졌습니다. 달리는 말에서 어린아이를 건네받기란 여간 어려운 게 아니었습니다. 게다가 그 아이는 보통의 여느 아이가 아니었습니다.

출렁거리는 몸의 온 신경을 집중한 채 강문성과 원손을 품은 내관은 말을 조금씩 조금씩 옆으로 이동시키며 서로에게 가까워졌습니다. 이

으고 원손을 건네주고 받을 수 있을 만큼 가까워졌습니다.

"잘 모십시오."

내관은 한 손은 말의 고삐를 쥐고 다른 팔은 원손을 꼭 안고 있었습니다. 원손을 품은 팔을 서서히 강문성에게 내밀었습니다. 강문성이 그쪽으로 몸을 기울이며 원손을 받으려고 하는 순간이었습니다.

"이이힝~~!"

내관이 탄 말이 별안간 소리를 지르며 강문성의 반대쪽으로 몸을 틀어버렸습니다.

"우와앗!"

그 바람에 강문성은 말에서 떨어질 뻔했습니다. 내관 역시 하마터면 원손을 떨어트릴 뻔했습니다.

"아앗, 조심해!"

"하필 저런 말에 원손 마마께서 타시다니!"

"청군이 무서운 기세로 쫓아오고 있습니다! 조금만 서둘러 주시오!"

다른 내관들은 혀를 끌었습니다. 하지만 지금 상황에선 자신들이 할 수 있는 게 딱히 없었습니다. 그저 강문성이 무사히 원손을 자신의 말에 태우기를 바라고 있을 수밖에 없었습니다.

강문성과 내관은 다시 말들을 달래며 조종하면서 서로 간의 거리를 좁혔습니다.

"그렇지, 그렇지, 조금만 참아라. 원손 마마만 무사히 건네게 해주면 나는 내동이쳐도 원망하지 않으마."

내관은 이렇게 말을 위로했습니다. 말이 내관의 말을 알아들은 것일까요? 다시금 강문성이 몸을 기울였고 이번에는 성공하였습니다!

"원손 마마!"

강문성은 안도의 숨을 내쉬며 원손을 절대 놓치지 않겠다는 듯 품에 꼭 끌어안았습니다. 그런데 방금까지 원손이 타고 있던 말에게 도대체 무슨 문제가 있는지 속도가 더 느려지더니 점점 눈에 띄게 뒤떨어지기 시작했습니다.

"최 내관!"

강문성과 다른 내관들이 안타까운 목소리로 불렀습니다.

"원손 마마를 잘 부탁합니다!"

그게 그들이 들은 최 내관의 마지막 목소리였습니다. 최 내관은 청나라 군사들에게 따라 잡히고 만 것입니다. 이후의 일은 보지 않는 게 더 낫다는 걸 알기에 그들은 앞만 보고 달렸습니다.

이윽고 배가 준비된 곳에 다다랐습니다. 말들이 멈춰 서자마자 말에서 내린 그들은 바로 배에 올라탔습니다.

"바로 출발하게!"

누가 먼저랄 것도 없이 뱃사공을 재촉했습니다. 뱃사공도 저만치에서 청나라 군사들이 말을 몰고 매섭게 달려오고 있는 게 보여 일행이 배에 오르자마자 배를 출발시켰습니다. 얼마 뒤 청나라 군사들이 도착했으나 배는 이미 안전한 거리만큼 물러난 뒤였습니다.

"원손을 놓쳤다!"

청나라 군사들이 이를 갈며 탄식했습니다.

"원손 마마, 이젠 마음 놓으소서."

강문성은 울고 있는 원손을 절대 놓치지 않겠다는 다짐을 하며 꼭 끌어안고 말했습니다.

검찰사는 무책임하게 도망가 버리고, 수많은 사람들이 오랑캐에게 치욕을 당하느니 스스로 죽는 게 낫다며 자결을 택하는 등 강화성이 쑥대밭 되는 것은 순식간이었습니다. 강화도는 성 안팎 구분할 것 없이 사방이 조선인들의 시체로 덮였습니다.

세자빈과 봉림대군 등 왕족들도 꼼짝없이 청나라 군사들에게 붙잡히게 됐습니다. 이에 조선은 항복하지 않을 수 없었습니다. 조선이 항복을 선언하자, 그제야 청나라 군사도 무자비한 살육을 멈추었습니다.

"세자빈을 비롯한 왕족들은 앞으로 나오시오!"

세자빈과 봉림대군 등 왕족들은 강화도 공략을 책임지고 지휘한 청나라의 도르곤 앞으로 나아갔습니다. 청나라 군사들이 왕족들을 살벌한 기세로 주변을 둘렀습니다. 세자빈과 봉림대군은 이 암담한 상황에 고개를 떨구고 있었습니다. 도르곤은 청나라 황제 홍타이지의 동생이었습니다.

"세자빈을 비롯한 조선의 왕족과 백성들은 들어라! 우리 자비로우신 황제께서 조선을 어여삐 여기셔 평화적으로 지내고자 제안하신 군신의 관계를 주제를 파악하지 못하고 거절하여 스스로 화를 자초하였으니,

참으로 어리석고 안타까운 일이로구나! 조선이 이 큰 난리를 당하고, 만백성이 벌벌 떨게 된 건 과연 누구의 탓이겠는가? 조선의 임금은 요행을 바라면서 한 번 저항해 볼 생각으로 왕족을 이곳 강화도로 옮겼으나 그저 가소로울 뿐이로다. 지금 강화도에서 조선인들이 어떤 꼴을 당했는지 그대들이 두 눈으로 똑똑히 보았으니 감히 부정하지 못할 것이다. 조선의 임금은 아직도 남한산성에 꼭꼭 숨어 계략을 짜내려 하고 있지만 실상은 호랑이가 무서워 풀숲에 숨은 여우와 다를 바가 무엇인가? 이에 우리는 강화도에 있던 왕족을 남한산성으로 데리고 가 그대들의 임금이 스스로 나오게 하려고 한다. 세자빈은 어찌하여 평민들이 입는 옷을 입고 한낱 볼품없는 평민들의 집에 숨는 모욕을 마다하지 않았으며 구차하게 원손을 빼돌렸는가? 우리에게 화를 입을까 우려한 모양인데 우리는 왕족들을 상하게 할 생각이 없으니 그대들은 안심하고 우리를 따르라. 그리고 조만간 황제 폐하께 무릎 꿇을 그대들의 왕이나 잘 위로해 주거라.”

구구절절 치욕적인 문장들이었습니다. 하지만 패전국의 왕족이 할 수 있는 건 아무것도 없었습니다.

‘지금은 상황이 여의치 않아 네놈들에게 굴욕을 당하고 있지만 죽을 때까지 오늘을 잊지 않으리라.’

봉림대군은 속으로 이를 갈며 분노를 삼켰습니다.

이렇게 강화도가 함락되고 왕족과 운 좋게 살아남은 몇 사람들은 청나라의 포로가 되어 남한산성으로 이동하게 됐습니다. 이동하는 길 사방에는 조선인들의 시체가 넘쳐나고 있었습니다. 이에 절망하지 않는 조선인들이 없었습니다. 반면 청나라 군사들은 조선 임금의 항복이 얼마 안 남았다며 환호했습니다.

경진도 포로로 사로잡혀 남한산으로 이동하게 됐습니다. 마을에서 영배를 만나 서로에게 의지하며 가족을 찾아 나설 때만 해도 발걸음은 가벼웠지만 지금은 한 걸음 한 걸음이 천근만근 무겁기만 하였습니다.

자신과 같은 처지에 놓인 다른 조선 근왕병들이 보였습니다. 그들 역시 경진과 다를 바 없이 무기력하고 어두운 표정을 하고 있었습니다.

경진에게 패배한 전투에서 살아남았다는 기쁨 따윈 전혀 없었습니다. 아버지와 형을 잃고, 다른 가족들은 생사도 모른 채, 이제 자신은 포로로 잡힌 패배자일 뿐이었습니다. 이제 아무런 희망도 보이지 않는 듯했습니다. 그래도 마지막 희망이라도 되어 줄까 하여 영배와 박영인을 찾아 두리번거려 보았지만 그 둘은 보이지 않았습니다.

'죽은 것일까? 아냐, 행렬이 긴 만큼 다른 곳에 있을 수도 있겠지.'

영배와 박영인이 살아 있기를 바라며 걷고 있는데 저만치 앞에서 끔찍한 소리가 들려왔습니다. 형과 나무를 하고 있을 때 자신의 마을에서 들려오던 그 소리였습니다!

사람들의 끔찍한 비명과 울음소리! 또 어떤 마을이 청나라 군사들에 의해 약탈당하고 있던 것이었습니다.

"으아악! 아무 죄 없는 사람들을 그만 괴롭히거라!"

어떤 포로 한 명이 울부짖으며 소리 질렀습니다. 청나라 군사들은 아무런 반응이 없었습니다. 그러자 그는 다시 한 번 더 크게 외쳤습니다.

"그만하라고! 나쁜 놈들아!"

이에 다른 조선인 포로들도 동요하기 시작했습니다. 조선인 포로들이 술렁거리자 안 되겠다 싶었는지 청나라 군사들이 자기네 말로 소리 지르며 울부짖던 조선인 포로를 구타하기 시작했습니다. 이에 몇 명이 항의했으나 그들 역시 두들겨 맞기 시작했습니다. 밧줄로 묶여 있는 몸이기에 저항할 방법이 없었습니다. 경진은 그저 목에 힘을 주며 솟아 나오려는 울음을 참으려 할 뿐이었습니다.

잠시 후, 끔찍한 소리가 들려오던 그 마을로 들어서게 됐습니다. 경진은 두 번 다시 겪고 싶지 않던 비극적인 참상을 또 마주해야 했습니다. 여기저기에 조선인들이 죽어 있었습니다. 이미 경험한 광경이었지만 자신의 마을에서 느꼈던 그때의 감정이 그대로 다시 살아났습니다. 이제까지 애써 참아오던 분노와 슬픔이 울음이 되어 터져 나왔습니다.

"흐흐흑."

경진은 흐느끼며 시체들을 보지 않으려 고개를 돌리고 걸었습니다.

"으애애앵~."

그때 가까운 곳에서 아이의 울음소리가 들려왔습니다. 울고 있다는 것은 지금 살아있다는 의미였습니다. 경진은 울음소리가 들리는 곳으로 고개를 돌렸습니다. 한 여인이 쓰러져 있었고 이제 서너 살이나 돼 보이는 아이가 여인의 목을 꼭 감싸 안은 채 울고 있었습니다. 아들과 엄마인가 봅니다. 청나라 군사들은 아무런 관심이 없는 듯 유유히 그 옆을 지나갈 뿐이었습니다.

여인과 아이의 처참한 모습을 본 경진의 마음은 찢어질 것 같았습니다. 아니, 찢어진 걸 넘어 아예 먼지가 되어 사라질 것만 같았습니다. 너무나 가슴이 아파 옆에 있던 청나라 군사에게 말을 걸었습니다.

"이보시오. 저 아이를 내가 거둘 수 있게 해주시오."

조선말을 모를 것이기에 경진은 아이 있는 쪽을 향해 고갯짓을 해가며 말했습니다. 다행히 청나라 군사는 말뜻을 알아듣는 눈치였습니다. 경진을 향해 고개를 두어 번 끄덕거리더니 그 아이 쪽으로 걸어갔습니다. 아이를 살릴 수 있게 됐다는 생각에 경진은 기뻐 마지않았습니다.

그런데! 청나라 군사는 손으로 아이를 일으켜 세우는 게 아니라 발로 뻥 걷어차버렸습니다! 그러고는 경진을 향해 씩 웃어 보였습니다. 그것은 실로 악마의 미소였습니다. 경진은 놀라 말이 나오지 않았습니다. 아이는 저만치 날아가더니 부르르 떨다가 이내 아무런 움직임도 보이지 않았습니다. 울음소리도 더 이상 들리지 않았습니다.

경진의 벌어진 입이 파르르 떨다가 미친 듯한 비명이 터져 나왔습니다.

"으아악!"

목에 선 핏대는 당장에라도 터질 것 같았습니다.

"아악! 네놈들이 사람이란 말이냐!"

하지만 슬픔과 분노로 가득 찬 경진의 마음을 달래주는 이는 아무도 없었습니다. 오히려 시끄럽다며 청나라 군사들은 경진을 구타하기 시작했습니다.

이 모습을 지켜본 모든 조선인 포로들이 소리 내어 울었습니다.

남한산성에서는 여전히 주화론자들과 척화론자들이 자신들의 주장을 내세우며 다투고 있었습니다. 반면 청나라 군사들은 더는 못 기다리겠는지 남한산성 근처까지 바짝 접근하여 총공격을 준비해놓고 있었습니다. 일촉즉발의 아슬아슬한 순간이었습니다.

그러던 어느 날이었습니다. 협상을 위해 청나라 진영에 갔던 이조판서 최명길이 평소와는 다른 표정으로 돌아왔습니다. 최명길의 얼굴만 봐도 무언가 큰일이 났다는 걸 모두가 알 수 있었습니다.

"이판, 무슨 일이라도 생긴 것이오?"

임금이 궁금함을 참지 못하고 먼저 물었습니다. 최명길에게 모두의 시선이 쏠렸습니다.

"강화도가 함락되었다고 합니다!"

최명길이 침통한 목소리로 대답했습니다.

누구도 예상하지 못했던 최명길의 대답에 다들 웅성거렸습니다. 벌써 울기 시작하는 대신들도 있었습니다. 대신들의 가족 중에서도 강화도로 피란 간 사람들이 많았기 때문입니다. 임금 역시 눈앞이 캄캄해졌습니다.

"지금 빈궁 마마와 봉림대군은 물론이고, 벼슬아치들의 가족들을 강화도에서 여기로 데리고 왔다고 합니다."

멀리 있던 가족들이 가까이 왔지만 전혀 기쁘지 않았습니다.

"우리로 하여금 항복하게 하려고 하는 거짓말은 아니오? 빈궁 마마나 봉림대군을 직접 만나보셨소?"

예조판서 김상헌이 못 믿겠다는 듯이 물었습니다.

"두 분은 못 뵀지만 다른 종실과 내관들을 보았습니다. 그리고 봉림대군께서 직접 쓰신 편지가 여기 있습니다. 강화도가 함락된 게 사실인 듯합니다."

봉림대군이 편지를 썼다는 얘기에 임금은 바로 반응하며 편지를 자신에게 달라고 했습니다. 편지에는 이렇게 쓰여 있었습니다.

"전하, 그간 무사히 잘 지내셨습니까. 아바마마의 못난 둘째 아들 봉림입니다. 아바마마의 크고 깊은 배려에 힘입어 강화도에서 몸은 안락했으나 아바마마와 나라 걱정에 마음은 단 한순간도 편한 적이 없었습니다. 소자[1]가 아바마마의 뜻을 잘 헤아려 강화도를 무사히 지켜내야 했으나 오랑캐의 말발굽에 짓밟히는 걸 눈으로만 보고 있었으니, 그 불충과 불효는 지금 당장이라도 죽어 마땅할 것이옵니다. 그러나 아비보다 먼저 죽는 게 세상에서 제일 큰 불효인 바, 이 민망한 목숨을 아직도 유지하고 있사옵니다. 아바마마는 부디 이 소자를 불쌍히 여기시옵소서."

봉림대군의 편지를 읽는 임금은 신하들 앞에서 체통도 잃고 눈물을 줄줄 흘렸습니다. 그것은 둘째 아들 봉림대군의 글씨가 확실했습니다.

---

1 小子. 아들이 부모를 상대로 하여 자기를 낮추어 부르던 말.

강화도가 함락됐다는 건 청나라의 거짓말이 아니라는 것도 확실해졌습니다. 또 강화도에서 수많은 사람들이 죽었을 걸 생각하니 가슴이 미어져 왔습니다.

"상황이 이 지경에 이르니 차라리 자결하고 싶구나. 이미 세자빈과 왕자까지 인질로 잡고 있으니 우리가 무얼 할 수 있겠는가. 화친을 맺겠다."

지루하고 길던 논쟁을 끝내고 임금이 드디어 항복하겠다는 뜻을 밝혔습니다.

"전하!"

임금이 항복을 최종 결정하는 순간, 다들 크게 통곡하며 슬퍼했습니다.

다음 날부터 최명길을 위시로 한 사절단이 적진과 남한산성을 오가며 항복 절차와 조건에 대해 의논하였습니다. 그 결과 다음과 같이 양국은 조약을 맺었습니다. 말이 의논이지 사실상 청나라의 의중이 대부분 반영된 일방적인 통보였습니다.

1. 조선은 청나라에게 신하로서의 예를 다할 것.

2. 명나라와의 관계를 끊을 것.

3. 세자, 봉림대군과 그 부인들, 여러 대신의 자녀를 심양[1]으로 인질로서 보낼 것.

4. 청이 명나라를 칠 때 군사를 보낼 것.

---

1 중국 동북지방 최대의 도시로 청나라의 수도이다.

5. 성을 새로 쌓거나 수리하지 말 것.
6. 청나라에 공물을 바칠 것.

등등이었습니다.

그리고 1월 30일에 조선의 임금이 남한산성을 나와 삼전도[1]에서 청나라의 황제에게 항복의 의식을 행하기로 하였습니다.

운명의 1637년 1월 30일.

청나라 장수 용골대와 마부대가 임금에게 길 안내를 하기 위해서 성문까지 와 있었습니다. 모두 침통한 표정으로 임금의 뒤를 따르고 있었습니다. 세자도 임금과 함께였습니다. 임금을 따르는 일행을 보더니 마부대가 말했습니다.

"황제 폐하께 인사하러 가는 자리인데 어찌 군사들이 따른단 말입니까? 당장 군사들을 물리십시오."

임금은 어쩔 수 없이 마부대의 말에 따라야 했습니다. 이에 왕을 호위하던 군사들은 하릴없이 물러나야 했습니다. 하지만 마부대의 요구는 이에 그치지 않았습니다.

"호종하는 신하들이 너무 많습니다. 오십 명 정도면 충분할 것입니다."

말은 정중하게 하고 있었지만 사실 명령이나 다를 바 없었습니다. 군사들에 이어 벼슬아치들도 용골대가 제시한 수인 오십 명 정도로 줄였

---

1 서울 송파구 삼전동에 있는 한강 나루.

습니다. 나머지는 더 이상 임금을 따라올 수가 없었습니다. 따라가지 못하고 산성에 남겨진 자들은 가슴을 치며 통곡하였습니다. 마치 부모가 죽은 듯 땅바닥에 주저앉고 땅을 치며 우는 자들도 있었습니다.

삼전도까지 가는 일행이 정해지자 비로소 용골대와 마부대가 임금과 세자 일행을 이끌고 삼전도로 향하였습니다. 곧 삼전도에서 항복 의식을 치러야 하는 임금에겐 그 길이 지옥으로 가는 길과 다를 바가 없었습니다. 세자 역시 참담하기는 마찬가지였습니다.

삼전도에 도착하니 청나라 황제가 보였습니다. 홍타이지는 계단을 백 개 넘게 쌓아서 만든 수항단에 의기양양하게 앉아 있었고, 그 주변을 각종 무기를 든 군인들이 호위하고 있었습니다. 임금에겐 그 자리가 하늘처럼 높아 보이기만 했습니다.

항복의 의식을 행할 수항단이 점점 가까워지니 임금은 굴욕감과 수치심에 당장에라도 정신을 잃을 것만 같았습니다. 의식이 시작됨을 알리는지 음악이 연주되기 시작했습니다. 임금은 쓰러지지 않고 똑바로 걷기 위해 정신을 집중했습니다. 이윽고 임금과 홍타이지가 서로 마주보게 됐습니다. 위에 앉은 홍타이지는 여유 만만한 미소를 띤 채 임금을 내려다보고 있었고, 임금은 공손한 자세로 서서 홍타이지를 올려다봤습니다. 홍타이지가 먼저 입을 열었습니다.

"일이 이렇게 평화적으로 마무리됐으니 지난 일들을 구구절절 말할 필요가 있겠는가. 그대가 현명한 판단을 내려 오늘 우리가 서로 마주하게 됐으니 참으로 다행스럽고 기쁜 일이도다."

"천은(天恩)이 망극합니다."

임금이 마음에도 없는 말로 홍타이지에게 대답하자 드디어 의식이 시작됐습니다.

임금은 세 번 절하고 아홉 번 머리를 조아려야 했습니다. 첫 번째로 절을 하고 엎드린 상태에서 머리를 조아렸습니다. 치욕이 임금의 온몸을 휘감고 있을 때 옆에 있던 청나라 신하가 소리쳤습니다.

"머리를 땅에 찧는 소리가 황제 폐하께 들리도록 하십시오!"

머리 찧는 소리가 들려야 한다니, 도대체 얼마나 세게 머리를 찧어야 하는 것일까요? 임금은 차라리 자신의 귀가 이상하게 돼서 잘못 들었기를 바랐습니다. 하지만 그것은 냉혹한 현실이었습니다. 임금은 다시 절을 하고 머리를 찧어야 했습니다. 추위에 얼어붙은 땅에 소리가 들리도록 머리를 찧으니 임금의 이마에서는 피가 흘렀습니다. 순식간에 피는 임금의 얼굴을 타고 흘러내렸습니다.

"아바마마!"

세자는 치욕감에 더는 볼 수가 없어서 눈을 질끈 감고 고개를 돌렸습니다. 다시 한 번 조선의 일행들 사이에서 울음소리가 터져 나왔습니다.

"신성한 의식을 행하는 자리에서 이 무슨 추태요! 조용히들 하시오!"

용골대가 소리 질렀습니다. 조선인들은 마음대로 울지도 못하게 됐습니다.

"일 배요!"

이마에 피가 나도록 머리를 찧은 덕분에 다행히 다시 하라는 말은 나오지 않았습니다. 임금은 혹시라도 다시 하라는 말이 나올까 봐 피가 질질 흐름에도 불구하고 계속해서 이마를 세게 찧어야 했습니다.

"이 배요!"

임금은 다시 절을 하고 머리를 세 번 조아렸습니다.

"삼 배요!"

드디어 항복 의식인 삼배구 고두례가 끝났습니다. 임금은 통증과 어지러움을 느끼며 당장에라도 쓰러질 것만 같았지만, 마지막 자존심을 지키기 위해 정신을 집중해 몸을 꼿꼿이 세웠습니다. 홍타이지는 만족한 표정으로 미리 마련한 자리에 조선의 임금을 앉게 했습니다. 그리고 세자와, 강화도에서 잡아온 봉림대군 등도 자리에 앉게 했습니다. 세자빈과 봉림대군 일행이 강화도로 가고 난 이후 처음으로 상봉한 자리였지만 기뻐할 수 없는 상황이었습니다.

홍타이지가 다시금 말하였습니다.

"이제는 두 나라가 한 집안이 되었다. 활 솜씨를 보고 싶으니 각자 최선을 다하라."

말이 떨어지자마자 적당한 거리에 과녁이 설치됐습니다. 그러나 조선에서는 군사들이 따라오지 못하여 활을 쏠 만한 사람이 없었습니다. 홍타이지는 그것을 뻔히 알면서도 조선의 임금 등을 망신주기 위하여 그렇게 말한 것이었습니다.

"지금 여기에 온 자들은 모두 문관들이옵니다."라고 거절의 뜻으로 말하였으나 소용없었습니다. 어쩔 수 없이 한 문관이 활을 들어 쏘았

으나, 평소 활 쏠 일도 거의 없고 게다가 자신의 활도 아니니 제대로
될 리가 없었습니다. 다섯 발을 쏘았으나 한 발도 맞추질 못했습니다.
반면 청나라 장수들은 거침없이 자신들의 활 솜씨를 뽐냈습니다.

"고구려의 동명성왕[1]과 조선의 태조[2]께선 그렇게 활을 잘 쏘셨다고
들었는데 그것도 이젠 다 옛날이야기인가 봅니다. 하하하!"

"우하하하!"

용골대가 활을 쏘며 이렇게 비아냥거리자 다른 청나라 장수들이 맞
장구를 치며 낄낄 웃어댔습니다. 조선의 문관들은 짐짓 못 들은 체하
고 있을 뿐이었습니다.

임금의 항복 의식은 끝이었지만 조선의 항복 의식은 아직 끝나지 않
았습니다. 이번에는 세자빈과 봉림대군의 부인이 홍타이지에게 절을
해야 했습니다. 용골대가 두 부인을 이끌고 홍타이지 앞으로 안내했습
니다. 세자빈과 봉림대군의 부인이 수치심을 참으며 절을 올렸습니다.

날이 어두워지자 드디어 임금이 한양으로 돌아가는 게 허락됐습니
다. 비로소 전쟁이 완전히 끝난 것이었습니다. 하지만 세자 부부와 봉
림대군 부부는 그렇지 않았습니다. 이들은 조약대로 청나라로 가야 하
기 때문이었습니다.

청나라로 가는 조선인들은 세자와 봉림대군 부부뿐만이 아니었습니
다. 그동안 사로잡힌 포로들도 함께 청나라로 끌려갈 운명이었습니다.
임금이 한양으로 돌아가는 길에는 조선인 포로들이 널려 있었습니다.

---

1 고구려를 세운 주몽.

2 조선을 세운 이성계.

청나라에서 포로들을 임금에게 보여 주려고 일부러 그렇게 한 것이었습니다. 포로들의 모습은 하나같이 비참함, 그 자체였습니다.

"임금이시여, 우리 임금이시여, 저희를 버리고 가시나이까!"

조선의 포로들은 임금이라면 자신들에게 뭔가 해줄 수 있지 않을까 싶어 임금을 애타게 불렀습니다. 하지만 패전국의 왕은 해줄 수 있는 게 아무것도 없었습니다. 임금은 미안하고 비참한 마음에 차마 그들을 쳐다볼 수가 없어 오직 앞만 보고 나아갔습니다. 홍타이지에게 절하던 순간만큼이나 비통했습니다.

그 포로들 무리엔 경진도 끼어 있었습니다. 열심히 공부하여 과거에 급제한 다음, 벼슬아치가 되어 만나려던 임금님. 백성과 나라를 부강하고 평화롭게 만드는 데 내 힘을 보태드리려 했던 임금님. 그렇게 하늘 같다고 여겼던 임금이 지금 자신들의 곁을 도망치듯 쓸쓸하게 지나가고 있었습니다. 전쟁의 패배가 다시 한 번 실감 나는 순간이었습니다.

심양에서의 생활

2월 8일이 세자와 봉림대군 부부가 심양으로 떠나는 날이었습니다. 세자빈은 원손이 무사한지도 확인하지 못한 채 심양으로 가야 한다고 하니 가슴이 미어질 것 같았습니다. 임금에겐 아들이 셋 있었는데, 셋째인 인평대군만 조선에 남고 첫째와 둘째를 심양으로 보내야 했습니다. 머나먼 중국 대륙까지 가는 길이 얼마나 힘들지, 도착하고 나서는 잘 지낼 수 있을지, 청나라가 언제 돌려보내 줄지 등등 걱정되는 건 한둘이 아니었습니다.

"아비가 못나서 애꿎은 너희가 고생하는구나."

"전하, 그게 무슨 말씀이십니까. 몸은 잠시 조선을 떠나있겠지만 마음은 항상 조선에 있을 것이옵니다. 심려치 마시옵소서."

세자는 오히려 임금을 달래려고 했습니다.

"전쟁은 끝났으니 저희가 청나라에 있다고 해도 별일은 없을 것이옵니다. 청나라에 가서도 전하의 높으신 성명에 누가 되지 않게 잘 처신하겠습니다. 부디 옥체 보존하시옵소서."

봉림대군이 말했습니다.

세자와 봉림대군이 마지막으로 임금에게 절을 올렸습니다. 임금은 왕자들 앞에서 눈물을 보이지 않으려고 애썼습니다. 절을 마친 세자와 봉림대군이 임금 앞을 물러나 말에 몸을 실었습니다.

"세자 저하!"

"대군 마마!"

신하들은 너 나 할 것 없이 다들 뛰어나와 울음을 참지 못하고 세자와 봉림대군을 애타게 불렀습니다. 세자나 봉림대군의 옷자락을 잡고 주저앉는 사람도 있었습니다. 슬프기는 세자도 마찬가지고 같이 손이라도 잡고 울고 싶었지만 그럴 수는 없었습니다.

"죽으러 가는 것도 아닌데 왜들 이러시오. 전하께서 보고 계십니다."

억지로 그들을 떨어트려 놓으며 떨어지지 않는 발걸음을 옮겼습니다. 세자와 봉림대군이 탄 말 뒤에는 그들의 부인들이 탄 가마가 따랐습니다. 그리고 임금이 왕자 부부를 보살피라고 보낸 일행이 그 뒤를 따랐습니다. 아들들이 시선에서 멀어지자 참고 참았던 눈물이 임금의 눈에서 떨어졌습니다.

'부디 몸 건강하게 지내려무나.'

같은 시각, 경진도 다른 조선인 포로들과 함께 심양으로 향하고 있었습니다. 추운 날씨에 다른 나라에 포로로 끌려간다는 절망감 속에 하루 종일 걷는 것은 보통 힘든 일이 아니었습니다.

'우리 조선인들이 무슨 잘못을 했길래 이런 고통을 당해야 하는 것일까. 나는 이제 청나라 사람이 되는 건가. 어머님과 누나, 형수님은 살아계시기는 한 것인가. 아버지와 형님 제사는 누가 지내고 묘는 누가 돌본단 말인가.'

청나라 군대에 끌려가면서 별의별 생각과 걱정이 떠올랐습니다.

그러던 어느 날이었습니다. 경진과 함께 이동하던 무리들 중에 유덕이란 자가 있었습니다. 유덕 역시 근왕병으로 나섰다가 포로가 된 자였습니다. 유덕이 경진 옆으로 살짝 다가오더니 누가 들으면 큰일 날 것처럼 속삭였습니다.

"여기는 내가 잘 아는 곳이네. 오른쪽에 산 보이지? 지금 이 길을 벗어나면 저 산으로 갈 수 있는데 저 산엔 사람들이 잘 모르는 동굴이 있지. 거기로 가 숨는다면 아무도 못 찾을 것이야. 오늘 밤 나와 같이 가세."

깜짝 놀랄 만한 제안이었습니다. 하지만 경진은 불안했습니다.

"말 타고 있는 청나라 군사들을 어떻게 따돌린단 말입니까."

"그러니까 밤에 가자고 하는 것 아니겠나. 아무리 보초를 선다 해도 저들도 사람이니 분명 밤에는 틈이 있을 걸세."

"이 얘기를 몇 명에게 했습니까?"

"이런 일은 사람이 많이 참여하면 꼬이기 마련이지. 게다가 몸 성해 보이는 사람도 몇 없고. 자네한테만 얘기한 거네."

그래도 경진은 쉽사리 마음이 가지 않았습니다. 실패하여 청나라 군사에게 잡히기라도 한다면…… 그다음은 상상도 하기 싫었습니다.

경진이 대답이 없자 혀를 끌끌 차며 유덕이 말했습니다.

"싫다는 사람 억지로 데려갈 순 없겠지. 그럼 나 혼자라도 가겠네. 저놈들 손에 이끌려 청에서 짐승처럼 사느니, 어떻게 되든 탈출을 시도하는 게 나을 것이네."

경진은 걱정스러운 눈길로 그를 쳐다보았습니다.

밤이 되었습니다. 하루 종일 걷느라 지친 몸은 눕자마자 잠들었습니다. 추운 날씨에 노숙까지 하니 최악의 잠자리였지만, 어찌나 피곤했는지 그런 건 따질 상황이 아니었습니다.

얼마나 잤을까. 누군가 어깨를 흔들어 깨웠습니다. 벌써 아침인가 싶어 떠지지 않는 눈에 억지로 힘을 주어 간신히 눈을 떴습니다. 하지만 아직 쌀쌀한 밤이었습니다. 이 밤중에 깨우는 사람이 누군가 싶어 짜증스러운 표정으로 자신을 깨운 사람을 쳐다보니, 낮에 같이 도망가자고 제안했던 유덕이었습니다. 어두운 상황에서도 보초를 서는 청나라 군사들이 군데군데 보였습니다.

"저 군사들이 보이지 않으십니까? 섣불리 나섰다가 목숨만 잃지 마십시오."

경진은 유덕을 말리고 싶었습니다.

"자네 마음은 달라지지 않았군. 더는 시간이 없으니 나도 더 자네를 설득하려고 하지 않겠네. 정말 마지막이네. 같이 가지 않겠는가?"

경진은 불안한 마음을 지울 수 없었습니다. 고개만 설레설레 저었습니다.

"알겠네. 그럼 몸조심하게."

유덕은 경진에게 마지막으로 인사하고 청나라 군사들을 세밀히 살피다가 어느 순간에 후다닥 풀숲으로 사라졌습니다. 이제 일이 이왕 이렇게 된 이상 경진은 유덕이 무사하길 간절히 바랐습니다. 경진은 누운 채로 유덕이 사라진 쪽을, 마치 자신의 일처럼 집중해서 쳐다보았습니다. 풀잎 바스러지는 소리가 날 때마다 경진도 깜짝깜짝 놀랐습니다.

"거기 누구냐!"

청나라 군사 하나가 유덕이 사라진 쪽으로 달려갔습니다. 유덕이 이동하는 소리를 경진만 들은 게 아니었던 것입니다! 그 군사는 덤불을 조심스럽게 살피며 고개를 여기저기 내밀어 주변을 살폈습니다. 그러다가 갑자기 소리를 지르며 유덕이 사라진 쪽으로 뛰어갔습니다. 아무래도 유덕이 들킨 것 같았습니다. 경진은 아찔했습니다.

사람 달리는 소리, 거기에 풀이며 나뭇가지가 바스러지는 소리가 어울려졌습니다. 보이지는 않았지만 급박한 상황임은 분명했습니다. 얼마 안 가서 "으아악!" 하는 처절한 비명이 들려왔습니다.

경진은 어떻게 됐을지 뻔히 짐작은 됐지만 그래도 한 줄기 희망을 놓치고 싶지 않았습니다. 그러나 잠시 후 돌아온 것은 청나라 군사였습니다. 또 이렇게 경진이 보는 앞에서 한 사람이 죽었습니다.

다음 날 아침, 또 기나긴 여정을 이어가기 위한 하루가 시작되었습니다. 그런데 일어나지 않는 사람들이 주위에 몇 있었습니다. 밤새 얼어 죽었거나, 고된 여정에 병을 얻어 죽은 사람들이었습니다. 수많은 포로들에게 제대로 된 식사나 잠자리가 제공될 리가 없었던 것입니다.

이렇듯, 심양으로 끌려가는 도중에 도망치다 잡혀서 죽기도 하고, 얼어 죽기도 하고, 병에 걸려 죽기도 하는 등 수많은 사람들이 목숨을 잃었습니다. 그런 그들을 볼 때마다 경진은 절망하기보다는 어떻게 해서든지 살아남겠다고 다짐했습니다. 자신이 놓여 있는 상황은 많이 힘들었지만 결코 좌절감에 굴복하지는 않았습니다.

'난 살아남을 것이다. 악착같이 살아서 다시 조선으로 돌아올 것이야!'

약 세 달에 가까운 시간이 흘렀고 조선의 포로들은 드디어 심양에 도착했습니다.

"여기가 청나라의 수도인 심양이랍니다."

점점 강해지고 있는 청나라의 수도인 만큼, 심양에는 건물도 많고 지나다니는 사람들도 많았습니다. 조선의 건물들과는 다른 양식으로 지어진 건물들을 보면서 경진과 포로들은 눈이 휘둥그레졌습니다. 그러나 그들은 여행 온 관광객이 아니었습니다. 청나라 군사들의 엄한 꾸지람과 지시를 들으며 여기저기 끌려다녔습니다.

조선인 포로들이 한 곳에 모이자 며칠씩 청나라 장수들이나 왕족들이 와서 물건을 고르듯이 포로들을 쭉 훑어보다가 마음에 드는 사람이 있으면 데리고 갔습니다. 따라가지 않겠다고 저항하는 사람은 남녀노소를 가리지 않고 채찍질이나 발길질이 뒤따랐습니다. 포로들은 그들에게 선택받는 게 좋은 것인지 남는 게 좋은 것인지 알 수가 없었기 때문에 그저 불안과 두려움에 떨고만 있었습니다.

며칠이 지나자 선택받지 못한 자들은 또 청나라 군사들에게 이끌려 어디론가 이동했습니다. 남탑 거리라는 곳이었습니다. 넓은 거리에 조선인 포로들이 도망가지 못하게 발에 족쇄를 찬 채 아무렇게나 방치돼 있었습니다. 몸에 심한 상처를 입은 사람들도 많았지만 아무런 치료도 받지 못한 채 그냥 거리에서 나뒹굴고 있었습니다.

'아아, 이곳은 또 뭐란 말인가?'

경진은 경악했습니다. 이윽고 자신도 청나라 군사들에 떠밀려 그들 틈에 들어가게 됐고 곧 족쇄가 채워졌습니다.

그곳은 노예시장이었습니다!

전쟁에 공을 세운 장수나 왕족들이 먼저 포로들을 골라가고, 남은 사람들은 청나라 상인들이나 부자들이 오고 가며 사 갔습니다. 소문을 듣고 몰려온 각지의 청나라 사람들이 조선인 포로들을 구경하며 골라 갔습니다.

"일어서봐! 걸어보아라."

"팔리기 싫어서 아픈 체하는 거 아냐? 똑바로 걸어!"

"이놈은 힘깨나 쓰게 생겼군그래."

청나라 사람들은 조선인 포로들을 마치 짐승 취급하듯 대했습니다. 노예 시장은 금방 울음바다가 되었습니다.

다음 날, '나는 누구에게 팔려갈까, 조선에 있을 때도 일은 잘 안 해 봤는데 매일 혼나겠군' 하는 생각을 하며 경진이 무료하게 앉아 있을 때였습니다. 저쪽에서 시끌벅적한 소리가 나더니 한 무리의 사람들이 청나라 군사들에게 끌려오고 있었습니다. 첫눈에 조선인 포로라는 걸 알아볼 수 있었습니다. 같은 동포를 만났다는 반가움보다도 안쓰러운 마음이 먼저 들었습니다.

기존에 있던 사람들이 조금씩 자리를 내주자 새로 합류한 포로들이 하나둘 자리를 잡기 시작했습니다. 경진도 별생각 없이 그들을 바라보고 있었는데 그중에서 눈에 띄는 여자가 한 명 있었습니다.

또래들보다 좁은 이마, 짙은 눈썹, 낮은 코……. 그 여자의 얼굴이 아무리 때에 찌들고 갖은 고생으로 낯빛이 초라해도 경진은 알아볼 수 있었습니다. 누나 경선이었습니다! 경진은 자신의 눈을 믿을 수가 없었습니다. 벌떡 일어서 누나를 부르려는데 입만 크게 벌려지고 목소리는 나오지를 않았습니다. 그러기를 몇 초, 경진의 입이 어색하게 버둥거리더니 드디어 목소리가 터져 나왔습니다.

"누나! 누나! 경선이 누나!"

다들 경진을 쳐다보았습니다. 경선이 주목한 그 여자도 초점 없는 흐리멍덩한 눈으로 경진을 쳐다보았습니다. 아무 표정 없던 여자의 눈에 빛이 돌며 눈동자가 점점 커지더니 이어서 입이 크게 벌려졌습니다.

"겨…… 경진아!"

여자는 경진의 누나인 경선이었던 것입니다!

"흑흑! 누나!"

경진은 지금 자신이 울고 있다는 것도 인식하지 못했습니다. 눈앞에 있는 누나를 잃어버릴세라 가까이 다가가려는 의지뿐이었습니다. 발에 족쇄가 차 있는 것도 잊어 금세 벌러덩 넘어지고 말았습니다. 하지만 전혀 아프지 않았습니다. 경진은 기어서 누나에게 다가갔습니다. 아직까지 족쇄가 채워져 있지 않은 경선이 경진에가 달려가 경진을 일으켜 세웠습니다. 둘은 엉엉 울며 서로를 꼭 껴안았습니다.

"경진아, 살아 있었구나! 이게 대체 얼마 만이니? 흑흑."

"누나, 그동안 얼마나 고생이 많았어? 으흑흑."

"세상에, 여기서 이렇게 만나다니…… 흑흑."

조선말을 모르는 청나라 군사들도 어떤 영문인가 짐작이 된 듯 그들이 마음껏 울도록 내버려 두었습니다.

한참을 울고 나서야 둘은 겨우 마음을 진정시킬 수 있었습니다. 심하게 고생하고 때로 얼룩진 얼굴이었지만 전쟁으로 헤어지기 이전보다 훨씬 더 예쁘고 잘생겨 보였습니다. 둘은 먼저 그간 어떻게 지냈는지부터 얘기를 나누었습니다.

"우리 마을에서 청나라 군대가 사라진 뒤에 마을을 내려갔었어. 집으로 제일 먼저 갔는데, 아버지와 형이……."

경진은 차마 뒷말을 이을 수가 없었습니다. 경진의 말을 들으니, 지금까지 애써 외면하던 그때의 그 장면이 슬쩍 고개를 내밀며 경선의 가슴을 괴롭혔습니다. 경선은 그 기억이 새어 나오지 않도록 온 힘을 다해 꾹꾹 눌러 담았습니다. 그리고 그저 슬픈 눈빛으로만 경진에게 대답했습니다. 눈으로 하는 말의 뜻을 금세 알아챈 경진도 더는 아버지와 형 얘기를 하지 않기로 하고 대신 어머니와 형수 이야기를 꺼냈습니다.

"어머니와 형수님, 또 다른 산 사람들이 있나 온 마을을 뒤졌지만 두 분을 찾진 못했어. 그래도 돌아가신 채로 발견되지 않은 게 다행이라면 다행일 거야."

"아아, 그랬구나. 두 분도 꼭 살아 계셔야 할 텐데……. 그 뒤로는? 어떻게 하다 포로로 잡힌 거야? 나는 그때부터 쭉 청나라 군사들에게 끌려다니며 여기까지 오게 됐구나."

경진은 영배를 만나 그와 여정을 떠났다가 박영인을 만나 근왕병에 합류한 얘기, 삼각산 전투에서 패하고 포로로 잡힌 얘기를 쭉 늘어놓았습니다.

"결과는 비록 이렇지만 전쟁에 참여할 생각을 다 하다니, 정말 훌륭하구나, 우리 경진이."

자랑스럽다는 표정으로 경선은 경진을 쳐다보며 양손으로 얼굴을 감싸 어루만져주었습니다. 지금만큼은 누나의 손보다 따뜻한 건 이 세상에 없었습니다. 둘은 눈을 마주하며 작지만 쓰러질 것 같지 않은 희망을 싹 틔웠습니다.

비슷한 시기에 세자와 봉림대군 일행도 심양에 도착했습니다. 용골대가 한 건물로 일행을 이끌었습니다. 그 건물의 이름은 심양관이었는데 세자 일행이 머물기 시작하고 나서 조선인들은 자존심을 지키기 위해 조선관이라고 불렀습니다.

"먼 길 오느라 고생 많았소. 이곳이 세자와 대군 일행이 머무를 곳이오. 푹 쉬시고 나중에 또 봅시다."

용골대는 금방 사라졌습니다.

각각 묵을 방을 정하고 짐을 정리하는 데에도 꽤 많은 시간이 걸렸습니다. 정리가 다 끝나고 비로소 쉴 만한 시간이 주어지자, 청나라에 왔다는 게 실감 나기 시작했습니다. 인질로 왔음에도 불구하고 힘들었던 세 달의 여정이 무사히 끝났다는 게 새삼 감사하게 느껴졌습니다.

"빈궁, 오는 길이 쉽지 않았을 텐데 아프지 않고 잘 따라와 줘서 고맙소. 아우, 강화도에서 빈궁을 잘 보살펴 주어서 감사하네."

세자가 세자빈과 봉림대군에게 번갈아가며 따뜻한 목소리로 말했습니다.

"아닙니다, 저하. 제가 뭐 한 게 있겠습니까."

봉림대군이 민망하다는 듯이 대답했습니다.

"그럼 두 분, 편히 쉬십시오."

봉림대군은 곧 자신의 방으로 물러났습니다.

"앞으로 여기서 어떤 일이 벌어질지 걱정 반 기대 반입니다."

세자가 빙긋 웃으며 말했습니다. 이런 암울한 상황에서 기대 반이라니 세자빈은 의아함을 감추지 않고 물었습니다.

"뭐가 기대된다는 뜻이옵니까?"

"빈궁은 이곳 청나라, 특히 심양을 보면서 못 느꼈습니까? 나도 얼핏 본 것이긴 하지만 여기는 우리 조선과 정말 많이 다르다는 생각이 들었습니다. 우리가 비록 인질로 오긴 한 것이지만 여기서 생활하다 보면 조선에서는 배우지 못한, 뭔가 다른 걸 배울 수도 있지 않겠습니까? 그런 의미에서 한 말입니다."

이런 상황에서도 뭔가 배울 게 있을 거라는 세자의 말에 세자빈은 절로 존경심이 들었습니다. 자신은 그런 생각을 미처 못 했었기에 더욱 그러했습니다.

"저하, 참으로 훌륭하신 생각입니다. 저는 그저 원통하고 슬픈 마음에 아무것도 생각하지 못하고 있었는데 그렇게 말씀하시니 제가 부끄러워집니다. 저는 아직도 석철이만 떠올리면……."

세자빈은 말을 잇지 못하고 어느새 눈물을 흘리며 훌쩍거리고 있었습니다.

"빈궁, 염려 마시오. 나는 조만간 좋은 소식이 올 거라고 믿소. 나쁜 상상은 하지 마세요. 석철이는 무사할 겁니다."

세자 역시 원손 석철을 생각하면 가슴이 아려오고 답답하였지만 부인을 달래기 위해 그런 마음은 꼭꼭 숨기며 오히려 세자빈을 위로하였습니다.

며칠 뒤 세자가 세자빈에게 제안했습니다.

"지금 남탑 거리에는 우리 백성들이 노예로 팔려나가고 있는 걸 빈궁도 잘 아시지오? 오늘 거기에 가 볼까 합니다."

"아, 우리 불쌍한 백성들……. 저도 그들 생각이 간절했지만 막상 보면 더 슬퍼질까 봐 차마 찾아갈 엄두가 안 났었습니다."

세자빈이 안타까운 표정으로 대답했습니다.

"여기에서 그저 시간이나 축내면서 있을 수는 없습니다. 가서 포로들의 상황도 살피고, 또 우리 조선이 왜 이런 지경에 이르게 됐는지, 평소 백성들의 삶이 어떠했는지 내가 꼭 알아야겠습니다. 그래서 하는 말인데, 남자아이 여자아이 하나씩을 데리고 와 백성들의 이야기도 직접 들으면서 시중드는 아이로도 삼으면 좋을 것 같습니다."

"좋으신 생각입니다."

세자빈은 세자의 생각에 흔쾌히 동의해 주었습니다. 곧 외출 준비를 하고 호종하는 사람 몇을 데리고 나갔습니다.

남탑 거리는 실로 지옥 같은 풍경이었습니다. 거지 같은, 아니 거지도 와서 보고 비웃을 것 같은 초라한 행색은 물론이고 대부분의 사람들이 몸이 아프다며 하소연하고 있었습니다. 세자와 세자빈은 어느 정도 예상은 하고 있었지만 막상 눈으로 불쌍한 백성들을 직접 보니 마음이 또다시 괴로워지기 시작했습니다. 세자 부부는 신분을 숨기기 위해 평범한 옷을 입고 있었습니다. 조선인 포로들은 노예를 사러 온 청나라 사람이겠거니 생각하고 세자 부부에게 눈길도 주지 않았습니다.

세자 부부는 말을 건네 위로하고 격려하고 싶은 마음을 억누르며 포로들의 실상을 보고 있었습니다. 단단히 각오를 하고 왔지만, 막상 눈앞에서 보니 눈물이 나려 하는 것을 세자빈은 입술을 꼭 깨물며 참았습니다. 세자는 자신에게 조선 백성들의 삶과 생각을 자세히 알려줄 만한 이로 누가 좋을지를 생각하며 포로들을 하나하나 관찰했습니다. 그들의 얼굴을 자세히 볼 때마다 미안하고 안타까운 마음이 더 커졌지만 세자는 그들을 살피기를 멈추지 않았습니다. 머지않아 어린 한 쌍의 남녀가 눈에 띄었습니다. 대부분의 사람들의 얼굴에는 절망감만 가득했지만, 이들에겐 작게나마 밝은 기운을 느낄 수가 있어 세자는 그들에게 호감을 느꼈습니다. 세자가 먼저 다가가 말을 건넸습니다.

"나는 조선 사람이다. 나이가 몇이냐?"

조선 사람이라는 말에 소년은 깜짝 놀라는 기색이었습니다. 얼굴에 순간 반가운 기색이 새겨졌습니다.

"열다섯, 아니, 해가 바뀌었으니 열여섯입니다."

세자의 깔끔한 모습에 소년은 경계심을 풀었습니다. 맑고 깊어 보이는 눈이 호감을 주었습니다.

"그래. 고향은?"

"개성 근처의 오재 마을이라는 곳입니다."

"전쟁 나기 전에 뭘 했느냐? 농사를 지었느냐?"

"가족들은 농사를 지었는데, 저는 과거를 보기 위해 글공부를 하고 있었습니다."

글공부라는 말에 세자는 사람을 제대로 찾았다는 생각이 들었습니다. 소년이 아주 반갑게 여겨졌습니다.

"옆의 여자는 누구냐? 부인이냐?"

세자는 이번엔 옆의 소녀에게 따뜻한 눈길과 인자한 웃음을 보냈습니다. 그런 세자를 소녀는 호기심과 두려움이 반반 섞인 표정으로 응시했습니다.

"아닙니다. 누나입니다."

"그렇구나. 네 이름이 뭐지?"

"배경진이라고 합니다. 그런데 나리께서는……."

소년이 자신의 이름을 밝히고 세자에게 물으려고 할 때 세자는 이미 자리에서 일어난 뒤였습니다.

"그래, 알았다. 또 보자."

이렇게 말한 세자는 그대로 경진과 경선의 곁을 지나갔습니다.

경진과 경선으로부터 충분히 멀어졌을 때 세자는 그들을 살짝 가리키며 내관에게 명했습니다.

"저 두 아이가 보이느냐. 남자아이 이름이 배경진이라고 한다. 저 둘을 사서 조선관으로 데려오너라."

"알겠습니다, 저하."

내관은 허리를 굽히며 세자의 명을 받들었습니다.

웬 조선인이 다가왔다가 금방 가버린 걸 의아하게 생각하고 있던 경진과 경선은 마주 보고 앉아 이야기를 나누고 있었습니다.

"아까 그분은 누구일까? 분명 우리 같은 포로는 아닌데 조선인이라고 했거든."

"그래. 근데 마지막에 너에게 또 보자고 하지 않았니? 난 그렇게 들었는데. 내가 잘못 들었나?"

"맞아, 누나. 분명히 또 보자고 하셨어."

이렇게 얘기를 나누고 있는데 청나라 군사들이 다가와 둘을 일으켜 세웠습니다. 경진과 경선은 덜컥 겁이 났습니다. 둘이 일어서자마자 군사들은 경진과 경선의 팔을 잡더니 이끌고 갔습니다.

"헉, 우리도 팔리는 건가?"

경진은 상황이 어떻게 돌아가는 건지 알 수가 없어 불안했습니다. 청나라 군사들은 둘을 곧 몇 사람의 무리에게 넘겼습니다. 경진과 경선은 이제야 어떤 상황인지 알 것 같았습니다. 자신들도 드디어 누군가에게 팔리고 만 것이었습니다. 절망감이 불쑥 솟아났지만 경진은 그래도 누나와 떨어지지는 않아 다행이라고 생각했습니다.

그때 자신들을 산 무리 중 한 명이 웃으면서 말했습니다.

"안심하여라. 우리는 너희를 노예로 삼으려는 청나라 사람들이 아니다. 우리는 조선인이다. 우리랑 같이 가자꾸나. 깜짝 놀랄 만한 분을 뵙게 해주겠다."

조선인들이 자신들을 사다니, 그의 말대로 놀라운 일의 연속이었습니다. 경진은 깜짝 놀랄 만한 사람이라는 게 얼마 전에 자신에게 여러 가지를 물었던 사람이라는 걸 직감으로 알았습니다. 경진과 경선은 묵묵히 그들을 따라갔습니다.

경진과 경선은 우선 몸을 깨끗이 씻고 새 옷을 받은 다음, 어떤 방으로 안내됐습니다. 낯선 곳이었지만 청나라에서 만난 조선인들이라 안심이 됐습니다. 안내된 방에는 아까 경진에게 말을 걸었던 남자와, 그 남자와 함께하던 여자가 있었습니다.

"몸을 씻고 새 옷을 입으니 훨씬 낫구나. 편하게 앉아라."

편하게 앉으라고 말했지만 경진과 경선은 무릎을 꿇고 공손하게 앉았습니다.

"자세한 얘기도 하지 않은 채 너희를 이렇게 불쑥 데리고 온 걸 이해해주면 좋겠구나. 아까는 내가 누구인지 밝히기가 어려운 상황이었다. 나는 조선의 세자다."

"네에에에~~~?"

경진과 경선은 놀라지 않을 수 없었습니다. 자신들도 모르게 허리를 냅다 숙이며 절을 하기에 바빴습니다.

"고개를 들어라. 나라와 백성이 이렇게 어려운 상황에 처하게 됐는데 내가 절 받을 자격이 있나 모르겠구나. 그동안 얼마나 고생이 많았느냐? 말로 표현하기도 어렵겠지. 이렇게 살아남아 주어서 고맙구나."

경진과 경선이 천천히 고개를 들어 세자를 쳐다보았습니다. 인자한 표정으로 자신들을 쳐다보는 게 괜히 하는 말이 아닌 것 같았습니다.

"너희를 곁에 두고서 우리 백성들의 삶과 생각을 알고 싶구나. 나아가 우리 조선이 장차 어떤 길을 걸어야 할지 고민할 것이야. 어때, 우리를 도와줄 수 있겠느냐?"

"물론입니다. 물론이고말고요! 저희를 구해주신 것만으로도 하늘 같은 은혜를 입었는데 뭔들 못하겠습니까? 무엇이든 하겠습니다! 감사합니다, 전하!"

"하하, 나는 임금이 아니다. 저하라고 불러라."

"네, 저하!"

과거를 합격하여 보좌하고자 했던 왕. 그토록 간절히 바랐던 왕은 아니지만 지금의 왕의 뒤를 이어 새롭게 왕이 될 세자. 그런 세자를 청나라 땅에서 볼 거라곤 상상도 해보지 않았던 경진은 지금 상황이 꿈만 같았습니다. 지금 바로 겪고 있는 현실이었지만 믿기가 어려워 말이 안 나올 지경이었습니다. 아울러 지금까지의 갖은 고생이 보상받는 기분이었습니다.

이때부터 경진은 세자와, 경선은 세자빈과 많은 시간을 보냈습니다. 일상적인 심부름도 하곤 하였지만 무엇보다도 대화를 많이 나누었습니다. 세자 부부는 경진, 경선과 대화를 나눔으로써 백성들의 실상에 대해 전보다 더 잘 알게 되었습니다. 특히 세자는 경진을 데려오기를 무척 잘했다고 생각했습니다. 여느 평범한 백성과는 달리 나라를 사랑하는 마음이 깊었으며 글공부도 적당히 하여 학문에 대해서도 세자와 어느 정도 이야기를 나눌 수 있었습니다. 그리하여 세자는 틈이 날 때마다 경진에게 이렇게 말했습니다.

"열심히 공부하여라. 그리하여 나중에 귀국해서 꼭 과거를 보길 바란다. 현실적인 백성들의 삶을 잘 알고 나라를 위한 마음이 태산 같은 너 같은 인재가 조정에 있어야 하지 않겠느냐. 한양에서도 너를 내 곁에 둘 수 있다면 참 좋겠구나."

경진은 진심으로 백성과 나라를 걱정하며 고민하는 세자의 모습에 깊은 감명을 받고 그를 존경하는 마음을 가지게 되었습니다.

'우리 백성들은 일 년 내내 힘들게 농사를 지어도 세금 내고, 가족들 먹여 살리고 나면 남는 게 없으니 평생 열심히 일을 해도 가난을 벗어나기가 참으로 어렵구나. 그 백성들의 고통으로 부를 쌓고 배를 불리는 양반들은 어떤가. 진정한 덕을 쌓아 백성들을 위한 정치를 펼쳐야 하는데, 자신들의 권세만 좇거나 백성들의 실제 생활과는 별로 상관도 없는 것들로 서로 다투고 있으니 통탄할 일이로다. 백성들 중에서도 뛰어난 인재들이 분명 있을 테지만 공부할 시간이 없으니 과거 보는 건 꿈에서나 가능한 일이다. 그 인재들을 어떻게 하면 발굴해 낼 수 있을까. 우리 조선이 어찌하여 오랑캐라고 얕잡아보던 청나라에 이렇게 당했단 말인가. 조선 밖에서는 무슨 일이 일어나고 있는가. 조선은 앞으로 어떻게 해야 하는가.'

세자는 많은 고민을 하게 됐습니다. 자신이 왕이 되면 나라를 개혁해 새로운 나라로 만들어야겠다고 다짐했습니다. 아니, 그 전이라도, 이곳에서 무언가를 배워 간다면 아버지인 지금의 임금이 나라를 이끄는

데 큰 도움을 줄 수 있을 거라고 생각했습니다.

'아바마마, 걱정하지 마시고 기다려 주시옵소서. 소자, 허송세월 보내지 않고 많은 걸 배워가겠나이다.'

세자는, 자신과 동생을 떠나보낼 때 애써 눈물을 참던 아버지를 떠올렸습니다.

봉림대군 역시 자신만의 생각을 가지며 조선관에서 하루하루를 보냈습니다.

'나라가 힘이 없으니 오랑캐에게 힘으로 당하는 치욕을 겪었구나. 무릇 나라의 힘은 어디서 나오는가. 수준 높은 학문과 뛰어난 문화도 중요하지만 그중 제일은 바로 군사력을 바탕으로 한 강한 무력이다. 아바마마께서 무릎을 꿇은 치욕을 되돌려 주고 다시는 다른 나라가 우리를 깔보지 않게 하기 위해서는 강한 군대를 가져야 한다. 지금 조선이 할 일은 전쟁의 참상을 수습하는 대로 무기를 닦고 군사를 키우는 것이다. 그리하여 멀지 않은 미래에 청나라를 공격해야 할 것이야. 그런데 다음 왕이 되실 형님께서는 평범하기 그지없는 백성 하나와의 대화에 저리 몰두하시니 답답하구나.'

봉림대군은, 자신과 형을 떠나보낼 때 애써 눈물을 참던 아버지를 떠올렸습니다.

며칠 뒤 조선으로부터 반가운 소식이 왔습니다. 원손 석철이 무사하다는 소식이었습니다. 먼저 소식을 들은 세자빈이 마치 날개가 달린

양 빠른 발걸음으로 세자를 찾았습니다. 세자는 바깥에서 경진과 함께 바람을 쐬고 있는 중이었습니다.

"저하!"

함박웃음을 짓고 있는 세자빈을 보자 세자 역시 기분이 좋아졌습니다.

"무슨 좋은 일이 있길래 빈궁 얼굴에 이렇게 꽃이 활짝 핀 거요?"

세자가 너털웃음을 지으며 물었습니다.

"원손이…… 석철이 무사하다고 합니다!"

"그게 사실이오?"

"네, 저하. 교동[1]으로 갔다가 거기서도 안심이 안 돼, 세상에, 당진까지 다시 갔다고 합니다. 거기에 숨어 있다가 나중에서야 비로소 한양으로 돌아올 수 있었다고 합니다. 그 어린 것이 얼마나 고생했을지……."

이렇게 말하는 세자빈의 눈에 금세 눈물이 맺혔습니다. 이번에는 기쁨의 눈물이었습니다.

"원손이 어린 나이에 힘든 고생을 했으니 이제 다른 고생은 고생도 아닐 것이오, 허허. 이렇게 좋은 소식에 빈궁은 또 눈물이오?"

세자가 농담을 걸자 세자빈의 얼굴에 다시 웃음이 새겨졌습니다.

"정말 다행입니다, 마마."

옆에 있던 경진도 진심으로 축하해 주었습니다. 한편으로 마음 한구석에는 아직도 소식을 알 수 없는 어머니와 형수가 떠올랐습니다.

세자 일행이 심양에서의 생활에 어느 정도 익숙해지자, 청나라는 조

---

1 강화도 서북쪽에 있는 섬.

선과 해야 할 협상, 요구 등의 현안에 대해서 세자에게 먼저 통보하였습니다. 세자는 조선과 청의 외교관 역할을 하게 된 것이었습니다.

하루는 용골대가 조선관으로 세자를 찾아왔습니다.

"명나라를 공격하는 데 조선도 힘을 보태야 할 것이오. 빠른 시일 안에 군사 삼만을 보내길 바라오."

청나라의 터무니없는 요구에 세자는 기가 막혔습니다.

"전쟁이 끝난 지 얼마나 됐다고 그렇게 많은 군사를 요구한단 말이오? 이번 전쟁 때문에 수많은 조선인들이 다치거나 죽었습니다. 지금 조선은 전쟁 피해를 복구하고 있는 것도 벅찹니다."

"세자는 벌써 두 나라가 맺은 조약을 잊었소?"

"잊지 않았습니다. 조선이 감당해 내기 너무 어려운 요구이기 때문에 하는 말입니다."

"청과 조선은 군신의 관계요. 군주의 명령에 신하가 이러쿵저러쿵 말이 많은 건 좋은 모습이 아니오."

"그럼 그대들의 군주는 신하와 백성들의 사정은 아랑곳하지 않고 자신의 뜻만 일방적으로 밀어붙이는 군주란 말입니까?"

세자가 간접적으로 황제를 비판하자 주변에 있던 사람들 모두 깜짝 놀랐습니다.

'뒷감당을 어찌하시려고 세자께서 저러시나.'

경진도 걱정되기는 마찬가지였습니다.

용골대는 무섭게 인상을 쓰고 눈썹을 꿈틀거리며 큰 목소리로 말했습니다.

"패전국의 세자가 어찌 감히 황제를 능멸하려 하느냐!"

"뭐요?"

지금까지 가만히 보고만 있던 봉림대군이 얼굴을 붉히며 벌떡 일어났습니다. 그 기세가 어찌나 거센지 봉림대군이 혹시 용골대를 때리기라도 하지는 않을지 주변 사람들이 걱정할 정도였습니다. 그런 봉림대군을 막은 건 세자였습니다. 세자는 손을 들어 봉림대군을 막아 세웠습니다. 그러고는 눈 하나 깜짝하지 않고 용골대를 똑바로 노려보며 말했습니다.

"그대야말로 한낱 장수에 불과하면서 타국의 세자를 대하는 태도가 어찌 이리 무례한가! 조선이 비록 패전국이긴 하지만 나는 엄연히 조선의 세자이다! 전하의 뒤를 이어 조선의 임금이 될 세자란 말이다!"

전혀 주눅 들지 않고 세자가 당당하게 나오자 용골대도 당황하였습니다. 자신이 승전국의 장수이니 아무리 세자여도 한 수 접고 들어올 줄 알았는데 예상은 보기 좋게 빗나갔습니다.

"으음. 조선의 상황을 감안하여 파병 올 군사의 숫자는 좀 조정해 보도록 폐하께 말씀드리겠소."

용골대는 민망한지 헛기침을 하며 말했습니다.

용골대와 그와 함께 온 청나라 사람들이 사라지자 세자빈을 비롯한 조선인들은 비로소 기쁜 마음을 얼굴로 드러내며 세자를 칭송했습니다.

"자랑스럽습니다, 저하!"

"우리가 인질로 왔다는 사실에 얽매여 우리의 안위만 생각하면서 저들의 요구에 그저 따르기만 한다면, 더더욱 저들은 우리를 우습게보고 더 심한 요구들을 해올 겁니다. 그렇게 놔둘 수는 없지요."

세자가 말했습니다.

한편, 용골대는 그들의 황제 홍타이지를 만나 방금 세자와 했던 대화를 그대로 전했습니다.

"세자라 하더라도 패전국에서 온 인질인 만큼, 제 목숨이나 보존하고자 우리 말이라면 그저 네네 할 줄 알았는데 아니었습니다. 그의 패기나 호방함은 인정하지 않을 수가 없습니다. 우리가 요구하는 군사 숫자가 너무 많다고 합니다. 아무래도 숫자를 좀 줄여야 될 거 같습니다."

"오오, 조선의 세자에게 그런 면이 있었단 말인가? 아비와는 다른 모습이군. 세자의 동생은 어떤가?"

"봉림대군 역시 만만한 인물은 아닌 것 같습니다. 패기가 형 못지않은 것 같습니다. 다만, 뭐랄까, 봉림대군은, 그 힘이 다듬어지지 않고 있는 그대로 거칠게 뿜어져 나오는 그런 느낌이었습니다. 반면에 세자는 강하면서도 부드러운 느낌……. 그런 인상을 받았습니다."

"두 형제가 그렇단 말이지?"

홍타이지는 재미있다는 듯이 고개를 끄덕거렸습니다.

군사 파병뿐만 아니라 공물을 바쳐라, 도망간 포로를 돌려보내라,

청나라와 끝까지 싸우자고 주장했던 신하들을 보내라, 환관과 여자를 바쳐라 등 청나라는 조선에게 수많은 요구를 했습니다. 그런 요구의 부당함과 조선의 상황을 호소하며 세자는 어떻게든 요구 사항을 줄이려고 노력했습니다. 그런 세자가 있었기에 청나라가 조선에 요구하는 양이 어느 정도 줄어들 수 있었습니다.

이런 사정은 금방 조선의 조정에도 전해졌습니다.

"심양에서 세자 저하의 활약이 대단하십니다. 저하 덕분에 청나라도 우리가 감당하기 어려운 무리한 요구는 자제하고 있다고 하옵니다."

"이제 청과 조선 사이의 일은 저하를 통하지 않는 것이 없사옵니다."

"세자 저하의 인품이 훌륭하셔서 청나라 관리들도 감동하여 예의를 다한다고 합니다. 용골대 같은 장수나 심지어는 황제도 세자 저하의 인품을 칭찬하고 있사옵니다."

하나같이 반가운 소식들이었지만 어찌 된 건지 임금의 표정은 그리 밝지가 못했습니다.

'세자가 일처리를 잘하는 것은 다행이다만 오랑캐와 너무 가깝게 지내는 것 아닌가. 조선인의 기개를 굳건히 지니며 오랑캐를 멀리해야 할 텐데 썩 좋은 소식이 아니구나. 그리고 황제가 세자를 칭찬하다니 이건 또 무슨 상황인가. 이 아비에게 말로 표현할 수 없는 치욕을 준 황제에게 우리 세자는 칭찬을 듣고 있다니? 이런 일이 있을 수가 있는가. 왕[1]아, 그곳에서 어떻게 지내고 있길래 이런 소리가 들린단 말이냐.'

---

1 세자의 이름이 이왕(李汪)이다.

새로운 세상

어느덧 경진이 세자와 함께한 지 5년이라는 시간이 지났습니다. 그 시간 동안 경진은 세자의 배려 덕분에 열심히 공부에 매진할 수 있었습니다. 그 결과 많은 책을 보고 학문을 넓게 닦을 수 있었습니다.

"경진아, 우리가 조선을 떠나 이곳에 온 지도 5년이 넘었구나. 너의 나이도 어느새 약관[1]을 넘었고 말이야."

"네, 저하."

"그동안 공부는 많이 하였느냐?"

"공부에 끝이 있겠습니까. 그저 저하의 은혜에 보답하고자 열심히 할 뿐입니다."

"너를 처음 봤을 때가 기억나는구나. 남탑 거리에서 본 조선의 불쌍한 포로들……. 그들 중 특별히 네가 눈에 띄더구나. 다들 절망감에 무기력해져 있을 때, 너는…… 왠지 남들과 다르게 얼굴에 어떤 희망 같은 게 보였거든."

---

1 弱冠. 남자 나이 20살을 일컫는 말.

"아마 잃어버렸던 누나를 다시 만나서 그랬나 봅니다."

"너와 함께하는 시간이 길어질수록 너를 선택하길 잘했다는 생각이 든다. 조선으로 돌아가거든 꼭 과거에 합격해서 나라의 큰 사람이 돼야 한다."

"항상 가슴 깊숙이 새기고 있사옵니다."

"아, 그것보다도 더 급한 게 있구나!"

"그게 무엇이옵니까?"

경진이 눈을 크게 뜨면서 호기심 가득한 채로 물었습니다.

"네 나이도 나이이니 얼른 장가를 가야 하지 않겠느냐."

진지하게 말하던 세자의 얼굴에 언제인지 웃음꽃이 피어 있었습니다.

"아직 누님도 시집을 못 갔으니 제 차례는 오지 않은 것 같사옵니다."

심각한 얘기일 줄 알고 긴장하고 있던 경진도 웃으면서 대답했습니다.

"그리고 아직도 어머님의 행방을 모르고 있습니다. 저의 혼례보다도 어머님을 찾는 게 우선이라고 생각하옵니다."

방금 경진의 얼굴에 떠올랐던 미소는, 어머니 생각에 금세 사라졌습니다.

"나도 너의 어머님을 생각하면 마음이 참 아프구나. 그간 노예 시장을 계속 뒤져봤지만 발견되시지 않을 걸 보면 청나라에 오시지 않은 것 같다. 조선에 계신 것 같으니 귀국할 날을 기다려 보자꾸나."

"네, 저하."

세자는 차분히 말하면서도 경진에게 희망을 주려고 노력했습니다.

얼마 뒤, 용골대가 조선관을 찾아왔습니다.

"그동안 잘 지내셨습니까?"

용골대가 공손하게 인사했습니다. 세자를 대하는 용골대의 태도는 전에 비해 많이 누그러져 있었습니다.

"어서 오시오."

사실 그리 반가운 것은 아니었지만 세자는 예의를 다하여 손님을 맞이했습니다.

"이런 소식을 전하게 되어 유감입니다. 지금 청나라가 명나라와의 전쟁 때문에 사정이 여의치 않다는 것은 세자께서도 잘 알고 계시리라 생각합니다. 그리고 조선관에 머무는 사람 수도 만만치가 않아 더 이상 식량을 공급해주기가 어렵습니다."

"네. 그래서요?"

"식량 공급은 중단하겠습니다. 대신 땅을 줄 터이니 그곳에서 농사를 지어서 이제부턴 스스로 해결하십시오."

"미리 말씀해 주셔야 저희도 준비를 하지 이렇게 갑자기 통보하면 어떻게 한단 말입니까"

용골대의 통보에 당황한 세자가 항의했지만 소용없었습니다.

"그건 제가 결정할 수 있는 사안이 아닙니다. 그만 저는 가보겠습니다."

용골대는 급한 일이 있는 것처럼 얼른 조선관을 나가버렸습니다.

"여기 있는 사람들은 대부분 농사와는 거리가 먼 사람들인데, 이거 야단났군."

세자가 중얼거렸습니다. 농사에 대해 잘 모르기는 경진도 마찬가지였습니다. 갑자기 큰 난관에 봉착하게 된 조선관 일행에게 도움을 줄 수 있는 게 없는 경진은 민망하고 미안한 마음이 들었습니다. 지금까지 자신을 편하게 지내게 해주고 공부도 마음껏 하게 해주었는데 자신은 해줄 수 있는 게 없어 보였기 때문입니다.

세자가 자신의 방에서 어떻게 해야 하나 고민하고 있을 때 세자빈이 들어왔습니다.

"저하, 표정이 좋지 않습니다. 무슨 고민이라도 있으신지요?"

"빈궁도 오늘 용골대가 하고 간 말을 듣지 않았습니까. 이제 우리에게 직접 농사지어서 식량을 충당하라고 합니다. 우리 중 농사에 대해 아는 이가 얼마나 있겠습니까."

"그래서 저도 생각해 보았습니다. 어쩌면 이번 일은 우리에게 기회가 될 수도 있습니다."

"어떻게 말이오?"

"청나라 황족[1]들과 무역을 해서 모은 돈이 있지 않습니까. 그 돈으로 조선인 포로나 노예 중에서 농사에 실력 있는 자들을 데리고 오는 겁니다. 그들로부터 농사를 배워서 우리 스스로 농사를 지을 수 있게 된다면, 오히려 경제적으로 청나라로부터 완전히 독립할 수 있는 기회가 될 것이옵니다. 아직까지는 우리 조선의 농업 기술이 더 뛰어납니다.

---

1 황제와 가까운 친척.

어쩌면 농사로 돈을 많이 벌 수도 있습니다."

세자빈의 거침없는 설명에 세자는 답답한 가슴이 탁 트이는 듯했습니다. 청나라 황족들 중 일부가 조선의 특산물을 탐내 세자빈을 통해 무역을 제안했고, 그 결과 세자빈은 적지 않은 돈을 모으고 있던 중이었습니다.

"그거 정말 좋은 생각입니다! 나는 왜 그걸 생각 못했는지……. 하하. 빈궁, 정말 좋은 생각이에요."

바로 다음 날부터, 조선관에서는 농사에 능숙한 조선인들을 데려오는 데 전념했습니다. 그 중심에는 세자빈이 있었습니다. 세자빈은 농사꾼들을 사는 데 드는 돈을 전혀 아까워하지 않았습니다. 더 이상 식량을 공급하지 않겠다는 청나라의 통보에 다들 걱정하고 있을 때 홀로 원대한 계획을 세운 세자빈이었습니다.

세자빈에 의해 조선관에 오게 된 조선인들은 고마운 마음에 무슨 일이든지 최선을 다했습니다. 청나라 사람들의 노예가 되느니 조선관에 오는 게 다행인 것은 두말할 필요가 없었습니다.

기존에 조선관에 있던 사람들은 그들로부터 농사를 배웠고, 이듬해 봄부터는 본격적으로 농사가 시작됐습니다. 척박한 땅을 농사짓기에 적합한 땅으로 바꾸는 것은 보통 어려운 일이 아니었습니다. 그러나 누구 하나 힘들어하는 기색 없이 열심히 참여했습니다. 그것은 고생이 아니라 머나먼 이국땅에서 누릴 수 있는 행복이었습니다.

"저하, 저도 공부를 핑계로 다들 고생하고 있는 걸 모른 척하고 있을 순 없습니다. 농사에 참여하겠습니다."

경진이 세자에게 말했습니다.

"그래. 너도 직접 농사를 지어봐야 백성들의 고난을 이해할 수 있겠지. 그래야 좋은 관리가 되는 거고. 네 말대로 농사에 참여해 보거라. 단, 공부가 뒷전이 되어서는 안 되느니라."

세자가 흔쾌히 허락해 주었습니다.

"알겠습니다, 저하. 그런데 빈궁 마마께선 참 대단하십니다. 남자들도 생각 못한 일을 계획해 내시고 손수 앞에 서셔서 저희를 이끄시니 말입니다."

"그러게 말이다. 청나라에 오고 나서 오히려 빈궁을 다시 보게 되었구나. 하하. 우리 조선의 국모¹ 될 자격이 충분한 여인이야."

처음엔 당장 먹을 것을 걱정했던 조선관이었지만 시간이 지날수록 상황은 세자빈의 계획대로 돼갔습니다. 조선인들의 뛰어난 농사 실력으로 말미암아 조선관은 어느새 자신들에게 필요한 식량뿐만 아니라 청나라 사람들에게 팔 수 있는 양의 식량까지도 확보하게 됐습니다. 청나라 사람들에게 식량을 팔아 번 돈으로 다시 조선인들을 사 오고, 농사를 지을 수 있는 사람이 늘어나니 땅을 더 개간하여 더 많은 양의 식량을 수확할 수 있었습니다. 마치 눈덩이가 구를수록 더 커지듯이, 조선관에서 수확하는 농산물의 양과 조선관에서 농사짓는 조선인의 수는 갈수록 늘어났습니다.

---

1 國母. 임금의 아내나 임금의 어머니를 이르는 말이다.

어느 날, 세자빈이 세자에게 제안했습니다.

"저하, 다들 한 몸으로 열심히 농사에 참여해서 식량 문제를 해결하는 것은 물론이고 돈도 많이 모으게 됐습니다."

"그러게 말입니다. 이곳에서 우리가 이렇게 잘 지내게 될 거라고 누가 생각이나 했겠소. 다 빈궁 덕분이오."

세자는 빙긋이 웃으며 아내의 공을 칭찬했습니다.

"이제는 농사지을 사람을 더 데려올 필요는 없어졌습니다. 조선관도 이제 사람을 더 수용하기에는 어렵사옵니다. 그래서 드리는 말씀인데, 조선으로 돌아가길 원하는 자들은 돌려보내는 게 어떻겠습니까. 그 빈자리는 새로운 사람으로 채우면 될 것입니다. 여기에서 아무리 잘 지낸다고 해도 고향으로 돌아가고 싶은 마음만 하겠습니까."

"정말 좋은 생각입니다. 백성을 사랑하는 빈궁의 마음이 이렇게 결실을 맺는구려. 당장 그렇게 합시다."

세자는 빈궁의 의견에 적극 동조해 주었습니다. 부(副)가 쌓이면 자신의 안위와 즐거움을 먼저 생각할 법도 한데 세자빈은 그렇지 않았습니다. 어떻게 하면 조선과 백성들에게 도움이 될까만 생각하였습니다. 세자 부부의 결정은 금방 조선관의 사람들에게 전해졌고 조선으로 돌아가길 원하는 사람들은 희망에 부풀게 됐습니다. 경진과 경선도 조선으로 돌아갈 수 있게 됐다는 소식을 들었습니다.

"경진아, 밤이 아무리 길어도 결국 해는 뜬다더니 오늘 같은 날이 오는구나. 정말 꿈만 같아."

경선은 조선에 갈 수 있게 됐다는 소식만으로도 날듯이 기뻤습니다. 하지만 경진의 표정은 다른 조선인들과는 조금 달랐습니다. 경선은 그 이유를 조금은 알 것 같았습니다. 그래서 먼저 말을 꺼냈습니다.

"너는 어떻게 할 거니?"

"어떻게 하긴? 나도 누나와 함께 돌아가야지."

경진은 갈등하고 있는 자신의 마음을 우선 숨긴 채 이렇게 대답했습니다. 경진이 대답하자 경선은 경진에게 더욱 가까이 다가가 경진의 두 주먹을 꼭 감싸 쥐었습니다.

"경진아. 너는 여기 남아. 여기 남아서 공부를 더 해. 그래야 부모님과의 약속을 지킬 수 있지 않겠니?"

경진은 자신의 속마음을 누나가 손바닥 들여다보듯이 훤히 꿰뚫고 있어 적잖이 놀랐습니다. 남들은 조선으로 돌아간다는 소식에 하나같이 기뻐하고 있었지만 경진은 조선으로 돌아가야 하나 말아야 하나 고민하고 있었기 때문입니다. 경진이 이대로 조선으로 돌아간다면 생계를 위해 농사 같은 일에 전념해야 할 것이고 그럼 과거에 합격하는 일은 매우 어려운 일이 될 터였습니다. 그렇다고 누나 혼자서 살게 하기도 쉽지 않은 선택이었습니다.

"아니야. 또 누나랑 헤어지고 싶지 않아. 여자 혼자서 살기가 쉽지 않을 텐데 내가 어떻게 누나를 그냥 보낼 수 있겠어? 내가 농사를 지을 테니 같이 살자."

"그럼 네 공부는 어떻게 하고. 부모님이 너 공부하는 걸 얼마나 장하게 여기셨니. 두 분의 뜻을 잊으면 안 돼."

"그건 그렇지만. 그럼, 누나도 가지 말고 여기 남아, 응?"

경진은 어느새 스무 살 넘은 청년이 아닌 누나를 보내고 싶어 하지 않는 어린아이로 돌아와 있었습니다.

"우리 중 한 명은 돌아가야 하지 않겠니? 가서 어머니와 새언니[1]도 찾아보고, 아버지와 오빠 무덤도 돌보고 제사도 드려야지. 이 일들은 누나가 하고 있을게. 너는 열심히 공부하다가 돌아오려무나. 누나는 정에 이끌려 동생의 큰 뜻을 꺾는 못난 사람이 되고 싶지 않아."

"누나, 흑흑."

경진은 누나에게 미안한 마음과 다시 헤어지는 슬픔이 겹쳐 울음이 나오기 시작했습니다. 누나를 잡고 싶은 마음이야 태산보다 높았지만 누나 말대로 누군가는 조선으로 돌아가서 해야 할 일들이 있었습니다.

"누나, 정말 미안해. 흑흑."

경진의 마음은 다 포기하고 누나와 함께 조선으로 가자고 말하고 있었지만, 머리는 더 큰 뜻을 이루기 위해 작은 아픔은 견뎌야 한다고 말하고 있었습니다. 전쟁으로 쑥대밭이 된 나라를 다시 일으키고 발전시키는 데 힘을 보태야 했습니다.

"영영 헤어지는 것도 아닌데 왜 그러니. 너도 곧 돌아올 수 있겠지. 누나 걱정은 하지 말고 공부 열심히 해. 우리 경진이, 더 장한 모습으로 나중에 보자꾸나."

경선 또한 금방이라도 울음이 쏟아질 것 같았지만, 자신마저 울면 경

---

1 오빠의 부인.

진의 마음이 약해질까 봐 꾹 참고 오히려 경진을 위로했습니다.

"꼭 어머니를 찾아. 어머니랑 같이 지내고 있어. 알았지?"

경진이 경선에게 말했습니다. 그것은 경진의 바람이기도 했습니다. 누나 혼자 외롭게 지내고 있을 모습을 애써 지우고자 말한 자신의 바람이었던 것입니다.

조선으로 돌아갈 일행이 정해지고 곧 그들이 떠나는 날이 왔습니다. 조선으로, 고향으로 돌아가는 기쁨도 컸지만 정든 조선관과 그곳에서 만난 사람들과 헤어지는 슬픔도 없진 않았습니다.

남는 자들과 떠나는 자들이 마지막으로 함께 마주했습니다. 너 나 할 것 없이 모두 눈시울이 붉어진 상태였습니다.

"그간 머나먼 타국에서 정말 고생이 많았습니다. 오늘은 희망을 잃지 않고 끝까지 열심히 살아 준 그대들에게 하늘이 준 선물이라고 생각합니다. 부디 몸조심하여 조선으로 돌아가 행복하게 살기 바랍니다. 아직 이곳에 남아있는 우리 조선 백성들을 잊지 말아 주시오."

세자가 조선의 백성들을 한 명 한 명 쳐다보면서 말했습니다.

"세자 저하 만세! 빈궁 마마 만세! 대군 마마 만세!"

"이 은혜는 평생 잊지 않고 간직하겠습니다!"

"빈궁 마마의 크신 업적을 저희가 널리 알리겠습니다!"

그들은 특히 세자빈에게 더욱 많은 감사함을 표시했습니다. 심양의 척박한 땅에서 땅을 일구고 사람을 데리고 온 것은 대부분 세자빈의 수완이었기에 그것은 당연한 것이었습니다.

"경진아, 누나는 잘 지내고 있을게. 공부 열심히 하고 저하를 잘 모시렴."

"누나, 혼자 보내서 정말 미안해. 나도 금방 뒤따라갈게."

경진과 경선도 마지막으로 인사를 나누고 또다시 이별을 감내해야 했습니다. 처음의 이별은 자신들의 뜻과는 무관하게 이루어졌지만 이번은 아픔을 이겨내며 스스로 선택한 이별이었습니다.

경선의 뒷모습이 사라질 때까지 경진은 자리를 한 발자국도 뜰 수 없었습니다. 누나의 모습이 아예 안 보이게 됐을 때에 비로소 경진은 움직일 수 있었습니다. 조선관으로 들어가기 위해 몸을 돌리는데 세자가 바로 앞에 서 있었습니다. 경진은 깜짝 놀랐습니다.

"너는 왜 가지 않느냐?"

세자가 물었습니다.

"아, 저하. 누나를 혼자 보내는 것은 무척 가슴 아픈 일이지만, 저에게는 해야 할 일이 있습니다. 부모님과 저를 가르쳐 주신 훈장님과의 약속을 지키는 일, 저하께 은혜를 갚는 일입니다. 여기서 공부할 수 있게 해주십시오!"

경진의 굳은 각오는 온전히 세자에게 전달됐습니다.

"정말 어려운 결정을 했구나. 지금 내가 조선으로 돌아가라고 해도 소용없을 것 같아. 그래, 내 곁에서 열심히 공부해서 꼭 우리 같이 뜻을 이루자꾸나."

세자는 이렇게 말하며 경진을 안아주었습니다.

얼마·안 가 이 소식은 임금에게도 전해졌습니다.

"빈궁 마마께서 청나라의 황족들과 무역을 해 돈을 많이 벌었다고 하옵니다."

"그 돈으로 조선인 노예들을 사 농사를 짓기 시작했는데 결과가 아주 좋다고 하옵니다."

"그 덕에 많은 조선인들이 조선으로 돌아올 수 있었습니다."

"세자 저하와 빈궁 마마를 흠모하고 찬양하는 소리가 도성에 가득하옵니다."

하지만 이번에도 임금의 반응은 좋지 않았습니다.

"여자면 여자답게 지아비의 내조나 잘할 것이지, 어딜 나서서 장사질이란 말이냐.[1] 게다가 제일 앞장서서 농사를 지었다고? 왕족이 어디 할 일이 없어 농사나 짓고 있단 말이냐? 세자빈의 성격이 남다른 것은 내가 익히 알고 있었지만 이 정도일 줄은 몰랐구나."

훌륭한 일을 했음에도 칭찬은 한마디도 없고 비난만 하고 있는 임금에 신하들은 어리둥절하였습니다.

하지만 임금은 가장 깊은 속내는 꺼내지 않았습니다.

'상황이 여의치 않아서 수많은 백성들이 죽고 포로로 끌려갈 때 나는 아무것도 해주지 못 했다. 백성들이 나를 얼마나 원망했을꼬. 그런데 그 백성들이 지금 세자 부부를 흠모한다고? 이 땅의 민심이 세자에게 향하고 있단 말인가? 조선의 왕은 나다!'

---

1 조선 시대에는 상업을 천하게 여겼다.

2년이라는 시간이 지나갔습니다. 그사이에 홍타이지는 죽고 그의 아홉 번째 아들인 복림이 청나라의 세 번째 황제로 등극했습니다. 하지만 이때 복림은 여섯 살밖에 되지 않아 홍타이지의 동생인 도르곤이 어린 왕을 보필하며 정권을 돌보고 있었습니다.

청나라는 명나라를 멸망시키기 일보 직전이었습니다. 바야흐로 청나라가 중국 대륙의 지배자가 되려는 시점이었습니다. 도르곤은 명나라의 멸망을 직접 눈앞에서 보여주며 청나라의 힘을 과시하기 위해 세자와 봉림대군을 북경으로 오게 했습니다. 용골대가 세자와 봉림대군을 데리고 북경으로 가려 했습니다.

"저하께선 이곳에서 하실 일이 많습니다. 저 혼자 가겠습니다."

봉림대군이 형인 세자는 심양에 남게 하려고 말했지만 도르곤의 뜻은 완강했습니다. 결국 도르곤의 의도대로 세자와 봉림대군 둘 다 북경으로 가게 됐습니다.

1644년 4월 명나라의 농민 반란군이 수도인 북경을 점령하자 명나라의 마지막 황제인 주유검은 '조상을 뵐 면목이 없어 나는 죽노라.'라는 마지막 말을 남기고 자결했습니다. 명나라는 자국의 백성들이 일으킨 반란군도 못 이겨낼 정도로 나라의 힘이 약해져 있었습니다. 하지만 농민 반란군도 얼마 가지 못 했습니다. 6월에 청나라 군대가 농민 반란군을 진압하고 북경을 완전히 점령했습니다. 이로써 명나라는 멸망하고 중국 대륙은 청나라가 차지하게 됐습니다.

세자와 봉림대군은 이 장면을 똑똑히 보았습니다.

'우리 조선이 그렇게 사대하던[1]명나라는 이제 역사의 뒤안길로 사라졌다. 의리와 명분에만 치우쳐서 국제 정세는 보지 못하고 오직 명나라, 명나라만 외치던 게 얼마나 어리석은 일이었는가. 세상은 넓고 시시각각 변하는 것이구나. 영원히 강하기만 한 나라도 없고, 영원히 오랑캐라고 멸시받을 만한 나라도 없다. 지금의 강자는 청나라이다. 오랑캐라고 무시만 할 게 아니라 어떻게 해서 이 나라가 이토록 강한 나라가 됐는지, 배울 게 있다면 배워야 할 것이다.'

세자는 생각했습니다.

'아바마마께서는 무릎을 꿇고 절을 하시고, 명나라 황제는 스스로 목숨을 끊더니 명나라는 드디어 아예 망해버렸구나. 지금 청나라가 강하다는 것은 인정하지 않을 수가 없다. 그래도 우리 조선은 한때의 치욕은 있었지만 망하지는 않았다. 이대로 망할 수는 없지. 조금만 더 참고 버티며 온 백성과 조정이 하나로 힘을 합친다면 아바마마와 백성들이 겪었던 치욕과 슬픔을 갚을 수 있을 것이다. 조선이 청나라에 통쾌하게 복수하는 날이 언젠가는 꼭 올 것이다!'

봉림대군 역시 자신만의 생각을 가졌습니다.

세자와 봉림대군이 북경에서 생활하던 어느 날이었습니다. 세자빈이 호기심 가득한 얼굴로 세자에게 말을 건넸습니다.

"저하, 덕국[2]에서 온 사람 이야기를 들으셨는지요?"

---

1 사대하다 : 작은 나라가 큰 나라를 섬기다.

2 德國. 조선 시대 때 독일을 덕국이라고 불렀다.

"누구를 말하는 거요? 아무 얘기도 못 들었습니다만."

"천문학 지식이 뛰어나, 역서를 만들어 명나라에 제공하였다고 하옵니다. 그뿐만 아니라 대포도 만들 줄 알아 명나라에 바치고 포상도 받았다고 하옵니다."

세종 때의 장영실이 떠오르며 세자는 귀가 번쩍 뜨였습니다.

"그런 사람이 여기 북경에 있다는 말입니까?"

"그렇사옵니다. 명나라와 친하게 지내던 사람이지만 그 실력이 뛰어나 청나라에서도 그를 인정하여 천문 연구를 계속할 수 있게 해주었답니다."

"나도 만나보고 싶은 생각이 드는구려. 그런데 그 사람은 덕국에서 어찌 이리 먼 곳까지 왔단 말이오?"

"그 사람은 원래 예수회 출신 선교사라고 합니다."

"선교사?"

"네. 천주교를 전파하러 온 것이지요."

천주교라는 말에 세자는 더욱더 그 사람이 궁금해졌습니다.

"우리 조선이 청나라에 힘없이 패하고, 우리가 그토록 극진히 받들던 명나라가 청나라에 망하는 것을 보면서, 나는 성리학만이 이 세상의 진리가 아니라는 것을 깨달았습니다. 아니, 이 변화하는 세상에 성리학은 이제 낡은 학문이 됐어요. 덕국 사람이 이곳까지 왔다니……. 바야흐로 세상이 요동치며 크게 변화하고 있습니다. 명나라가 망한 것은 그런 변화 중 하나에 불과할 뿐이지요. 우리 조선도 이대로 가만히 있으면 안 됩니다. 언제까지고 유교 경전만 들여다보고 있어서는 안 됩니다. 청나라가 이렇게 강해질 수 있었던 것은 다른 나라의 더 발달된 문물을 받아들였기 때문이라는 것을 북경에 와서 확신할 수 있었습니다. 다른 민족을 오랑캐라는 케케묵은 소리로 무시할 게 아니라 그 누구에게라도 배울 게 있다면 배워야 합니다. 그게 우리 조선이 강해지고 살아남을 수 있는 길이에요!"

"참으로 훌륭하신 생각입니다, 저하."

세자의 개방적이고 진취적인 생각에 세자빈도 기분이 좋아졌습니다.

세자빈이 말한 사람은 독일에서 온 아담 샬이라는 선교사였습니다. 그는, 세자빈의 말대로 천주교를 알리는 것뿐만이 아니라 서양의 발달된 과학과 학문도 중국 대륙에 전하고 있었습니다.

"경진아, 조선에 가서도 네가 내 옆에 있으면서 나라를 위해 일할 수 있으려면 우선 성리학은 제대로 공부해야 한다. 성리학이 낡은 사상이긴 하지만 아무 쓸모없는 학문인 것은 아니며, 네가 조정에 들어올 수 있는 길이기 때문이다."

"잘 알고 있습니다, 저하. 선교사는 언제 만나볼 생각이신지요? 저도 저하만큼이나 기대됩니다."

다시 한 번 가족과의 이별이라는 큰 아픔을 겪은 지 2년이라는 세월이 흘렀습니다. 누나를 혼자 떠나보낸 선택이었기에 경진은 시간을 헛되이 보낼 수 없었습니다. 조선의 어느 선비들보다도 열심히 공부해 이제는 과거도 붙을 수 있을 거라는 자신감이 생겼습니다. 이제는 조선으로 돌아가 누나도 만나고, 과거에 응해도 될 것 같았습니다. 그러던 차에 서양에서 온 선교사를 만나 새로운 것을 배울 기회가 오다니 더욱 기뻤습니다.

세자는 곧 사람들을 시켜 아담 샬과 만날 기회를 만들게 했습니다. 아담 샬 역시 조선이라는 나라에 호기심을 가지고 있었고, 다른 사람도 아닌 세자가 만나고 싶어 한다는 말에 기꺼이 약속을 잡아주었습니다.

아담 샬과 만나기로 한 날, 세자는 커다란 기대와 설렘을 품고 아담 샬이 머무르고 있는 남천주당을 향해 갔습니다. 경진 역시 새로운 세상을 보게 된다는 기대에 부풀어 있었습니다.

"어서 오십시오. 아담 샬이라고 합니다."

아담 샬이 환하게 웃으면서 세자 일행을 반겨주었습니다.

"정말 반갑습니다. 저는 조선의 세자 이왕입니다. 이쪽은 제가 아끼는 청년으로서 조선에 돌아가서도 저와 함께할 것입니다."

세자는 아담 샬에게 경진을 소개했습니다. 경진은 얼른 고개를 숙여 인사했습니다.

아담 샬은 외모도 조선인들과 차이가 많이 났습니다. 우선 키가 컸습니다. 결코 작지 않은 키의 세자보다도 주먹 하나 정도는 더 커 보였습니다. 눈동자는 푸르고 머리카락은 금발이었습니다. 이런 외모는 세자도, 경진도 처음 보는 것이었습니다. 턱 밑으로는 길게 수염을 늘어

뜨리고 있어 신비한 느낌을 더했습니다. 머리에는 천주교 성직자들이 쓰는 모자를 쓰고 있었습니다.

"귀국이 청나라와의 전쟁에 패했다는 이야기는 들어서 알고 있습니다. 그리하여 세자께서 먼 중국 대륙까지 오셨다니, 그간 고생이 많으셨겠습니다."

아담 샬은 먼저 세자의 처지를 위로해 주었습니다.

"아닙니다. 저희가 이곳에 온 지도 벌써 7년이 넘었습니다. 시간이 오래 지나다 보니 많이 익숙해졌습니다. 오히려 신부님께서 훨씬 더 먼 길을 오시지 않았습니까?"

둘은 예전부터 알던 사이처럼 스스럼없이 대화를 나누었습니다. 일상적인 대화를 나누다가 세자가 먼저 아담 샬의 뛰어난 학문 수준에 대해 말을 꺼냈습니다.

"듣자 하니 신부님께서는 대포 제조에도 뛰어난 실력을 가지시고, 무엇보다도 천문에 밝아 월식을 정확하게 예측하시어 많은 사람들을 놀라게 만드셨다더군요."

"하하, 과찬이십니다."

"우리 조선은 너무 성리학에만 치우쳐 있어서 다른 학문은 소홀히 하는 게 현실입니다. 신부님께 많은 걸 배우고 싶습니다."

"제가 세자께 도움을 드릴 수 있다면 저에게도 큰 기쁨일 것입니다. 따라오시지요."

아담 샬은 전혀 주저하지 않고 세자와 경진을 새로운 방으로 안내했습니다. 거기에는 생전 처음 보는 진귀한 기구들이 놓여 있었습니다.

"와아~!"

세자와 경진은 귀신에 홀린 듯이 처음 보는 기구들에 열중했습니다. 감탄하고 있는 세자와 경진을 아담 샬은 흐뭇하게 바라보고 있었습니다.

"정말 대단합니다. 이것들은 무엇에 쓰는 물건들인가요?"

"이건 지구본이라고 하는 것입니다. 우리 인류가 살고 있는 지구를 그대로 본뜬 것입니다. 지금 우리가 있는 북경이 여기이고 조선은 여기에 있군요."

아담 샬은 지구본을 천천히 돌리며 손가락으로 조그만 반도를 가리켰습니다.

"저하, 우리 조선의 땅 크기가 이 세상 전체로 보면 참 작은 땅이었군요!"

"그러게 말이다. 이렇게 넓은 세상인데 우리보다 더 뛰어나고 발달된 것들이 얼마나 많겠느냐! 그런 것들을 적극 수용하고 배워야 우리도 강해질 수가 있다. 지금 청나라가 그러고 있는 것처럼!"

아담 샬이 이번에는 다른 기구를 보여주었습니다.

"이건 서양에서 사용하고 있는 천문 관측기구입니다. 조선에서 사용하고 있는 혼천의와 한 번 비교해 보십시오."

그뿐만이 아니라 아담 샬은 망원경 같은 당시의 뛰어난 서양 문물들을 소개해 주었습니다. 그것들은 실로 놀라운 것들이었습니다. 세자와 경진은 새로운 세계로 발담은 느낌이었습니다.

"우리 조선이 이런 뛰어난 문물을 하루빨리 받아들였으면 좋겠습니다!"

세자가 기뻐하며 아담 샬에게 말했습니다.

"내일은 제가 신부님을 모시고 싶습니다."

다음 날은 아담 샬이 세자를 방문했습니다. 오늘은 천주교에 대해 이야기를 나누었습니다.

"신부님께서는 천주교를 동양에 전파하기 위해 오셨다고 하셨는데, 천주교란 어떤 종교인가요?"

세자가 공손하게 물었습니다.

"세자께서는 아버지의 아버지, 그분의 아버지, 이렇게 계속 거슬러 올라가면 누구에 이른다고 생각하십니까?"

"음…… 글쎄요. 가끔 상상해보긴 했지만 도무지 답을 얻을 수가 없었습니다. 신부님께서는 그 답을 알고 계시는지요?"

"우리 모두는 이 세상을 창조하신 하느님의 자손들입니다."

"하느님?"

"그렇습니다. 그분은 우리 인간과 이 세상을 존재하게 해주신 만물의 근원이신 분입니다. 태초에는 아무것도 없었습니다. 하느님께서 어둠과 빛을, 하늘과 땅을, 동물과 식물을, 당신의 형상에 따라 남자와 여자를 만드셨습니다."

세자 부부와 경진은 어느새 아담 샬의 이야기에 빠져들고 있었습니다.

"하느님께서는 모든 걸 알고 모든 걸 하실 수 있는 전지전능하신 분입니다. 그리고 이 땅에서 살고 있는 사람들의 죄를 용서하시기 위해 아들 예수 그리스도를 보내셨습니다. 예수 그리스도께서 십자가에 못 박혀 죽으심으로써 우리의 죄를 용서해 주셨습니다."

지금까지 들어보지 못한 놀라운 이야기들이었습니다.

"하느님과 예수 그리스도를 섬기며 그분들의 가르침대로 살고자 하는 종교가 바로 천주교입니다. 우리가 죽으면 그 시신은 썩겠지만 영혼은 하늘로 올라가 그분들 곁에서 영원한 삶을 누릴 것입니다. 힘 들 땐 하느님께 의지하고 기도해 보십시오. 마음이 편안해지실 것입니다."

그러면서 아담 샬은 천주교 관련 책들과 예수 상 등을 내주었습니다.

"시간 나실 때 읽어 보십시오."

"네, 감사합니다."

세자 부부와 경진은 큰 충격을 느꼈습니다.

"우리고 모르고 있던 것이 너무나 많구나! 저 하늘에 이토록 위대하신 분이 계셨다니!"

"그동안 우리가 정말 우물 안 개구리였다는 생각이 듭니다, 저하!"

"그래, 경진이 네 말대로 그동안 우리 조선은 너무 안일했다. 바깥 세상은 시시각각 변해가고 발전해 가는데 우리나라는 오직 명나라만 바라보면서, 명나라가 제일가는 나라라고만 생각해 왔으니 얼마나 안타까운 일인가! 청나라가 강국이 된 것은 서양의 뛰어난 문물들을 받아들여 스스로를 발전시켰기 때문이다! 우리도 하루빨리 그렇게 해야 해! 전하께서도 이 새로운 세계를 아신다면 얼마나 기뻐하실까!"

세자는 조선이 서양의 발달된 문물을 받아들여 새롭게 발전하는 모습을 상상해 보았습니다. 상상만으로도 유쾌한 일이었습니다.

세자 부부와 경진은 시간이 날 때마다 아담 샬을 만나 서양의 문물과 천주교에 대해 듣고 배웠습니다. 새로운 것을 배우는 기쁨은 날로 커져 갔습니다.

이 소식 역시 얼마 가지 않아 임금에게 전해졌습니다. 임금은 아찔함을 느끼며 이마에 손을 짚었습니다. 얼굴은 더 이상 찌푸려질 수 없을 정도로 잔뜩 인상 쓰고 있었습니다.

"세자라는 놈이 청나라 오랑캐들과 친하게 지내는 것도 모자라, 이제는 서양 귀신을 가까이 한단 말이냐! 도대체 그놈은 누구 자식이고 어느 나라 사람이냐! 어쩌다 세자가 이 지경에 빠졌는고. 아아, 이를 어찌해야 할꼬!"

오랑캐에게 혼이 나간 세자가 자신 다음으로 왕이 된다면 이 나라가 어떻게 될까? 상상만으로도 오싹한 일이었습니다.

다시 밟는 조선 땅

"명나라가 완전히 망했고, 조선이 신하로서의 예를 다하고 있는 바, 세자의 귀국을 허락한다. 봉림대군은 조금만 더 기다려라."

청나라의 세 번째 황제 복림이 세자의 귀국을 허락했습니다. 동생 부부는 놔두고 가야 하는 건 아쉬웠지만 어쨌든 조선으로 돌아가게 됐다는 소식은 세자에겐 기쁜 소식이었습니다.

"아우를 두고 가야 하다니, 형으로서 참 면목이 없구나."

"아닙니다, 형님. 명나라가 망했으니 저도 곧 갈 수 있겠지요. 제 걱정은 하지 마시고 얼른 조선으로 돌아가셔서 아바마마를 기쁘게 해주십시오."

두 형제는 곧 만날 것을 기약하며 청나라에서의 마지막 인사를 나누었습니다. 세자가 조선으로 돌아간다는 소식에 아담 샬도 작별 인사를 하기 위해 세자를 찾아왔습니다. 두 달 조금 넘는 시간을 함께했지만 둘은 몇 년을 같이한 친구처럼 가까운 사이가 돼있었습니다.

"오, 형제여. 만나자마자 헤어지는 것처럼 느껴질 정도로 시간이 빨리 간 것 같습니다. 우리의 이별은 안타깝지만 형제님의 귀국을 축하해 주어야겠지요. 진심으로 축하드립니다. 또한 빈궁 배 속의 아이에게도 축복을 보냅니다."

이때 세자빈은 임신 중이었습니다. 세자 역시 아담 샬과의 이별이 안타까워 악수를 건네며 말했습니다.

"감사합니다, 신부님. 신부님 덕분에 이제껏 모르고 지내던 새로운 세상에 눈을 뜨게 됐습니다. 청나라에서 보낸 8년의 시간 중에 가장 의미 있었던 2개월이라고 자부합니다. 이 은혜를 어떻게 갚을 수 있을는지요."

"형제님의 나라가 서양 문물을 수용하며 발전하는 모습을 볼 수 있다면 저 역시 기쁠 것입니다."

"꼭 그렇게 할 것입니다. 아바마마께도 그렇게 말씀드리고 제가 왕이 된다면 더더욱이 그렇게 할 것입니다. 또한 기회가 된다면 우리 조선에도 성당을 세우고 천주교를 널리 백성들에게도 알리고 싶습니다."

"감사합니다. 항상 하느님의 은혜가 가득하시길 기도하겠습니다."

아담 샬은 조선에게 돌아가는 세자에게 과학에 관한 여러 가지 책들, 과학 기구들, 천주교 관련 책 등을 선물로 주었습니다.

청나라 황제 복림에게 올린 인사를 끝으로 드디어 세자와 세자빈, 그들을 수행하는 신하들과 경진은 조선으로 돌아가는 여정을 출발하였습니다.

"경진아, 소감이 어떠냐?"

"기쁘다는 말밖엔 할 말이 없습니다. 저하도 마찬가지시겠지요?"

"그럼. 너는 우선 고향으로 돌아가거라. 가서 누나도 만나야 하지 않
겠느냐? 고향에 머물다가 과거 볼 때 한양으로 오너라."

"네, 그렇게 하겠습니다. 그간 누나 혼자서 얼마나 또 고생했을
지……. 빨리 보고 싶습니다. 어머니는 만났을지도 궁금합니다."

"그래. 그동안 내 밑에서 고생이 많았다."

"당치도 않습니다, 저하. 저하 덕분에 새로운 삶을 얻었습니다. 저하
는 제 평생의 은인이십니다. 꼭 과거에 합격하여 저하 곁에서 저하를
돕겠습니다."

세자는 말없이 빙긋 웃으며 경진의 어깨를 토닥거려 주었습니다.

1645년 2월이었습니다. 8년여라는 긴 시간의 청나라 생활을 마친 경
진은 드디어 압록강을 건너 조선 땅을 밟고, 고향인 오재 마을로 돌아
올 수 있었습니다. 2월이라 아직 추위는 남아 있었습니다. 마을이 가까
워짐에 따라 경진의 가슴은 두근거리기 시작했습니다. 눈에서 뜨거운
눈물이 흘러내리려고 하는 것을 힘주어 참아야 했습니다.

마을 어귀에 들어서니 8년 전 그때가 떠올랐습니다. 형과 나무를 하
던 중 마을을 덮친 청나라 군대들. 삽시간에 시체로 뒤덮였던 마을. 아
버지와 형의 시신. 그날을 떠올리니 더 추워지는 것 같았습니다.

경진은 슬픈 마음은 억누르고, 다시 누나를 보게 됐다는 기쁨만 마

음에 담아두려 노력하며 마을에 들어섰습니다. 그날 많은 사람이 죽어 마을이 사라지지는 않았을까 하는 걱정도 있었지만 다행히 사람들이 보였습니다. 아는 사람은 보이지 않았지만 마을에 사람이 있다는 사실 만으로도 기분이 좋아졌습니다.

8년 만에 온 고향이었지만 전혀 낯설지가 않았습니다. 여기는 누구 집, 저기는 누구 집, 이 길로 가면 공부를 시작한 서당이 나오지. 모든 기억이 생생했습니다. 당장 자신의 집으로 뛰어가고 싶었지만 고향의 푸근함을 만끽하기 위해 일부러 걸어서 천천히 집으로 갔습니다. 아, 그리웠던 우리 집!

"누나! 나야! 경진이가 왔어!"

경진은 기쁨을 듬뿍 담아 큰 목소리로 경선을 불렀습니다. 하지만 안 에서는 아무런 반응이 없었습니다. 잠깐 어딜 갔나 보다 생각하고 경 진은 집으로 들어갔습니다. 그런데 집안 분위기가 이상했습니다. 마치 폐가가 된 것처럼 방의 구석구석에는 거미줄들이 쳐져 있었습니다. 사 람이 마지막으로 머문 지 꽤 오랜 시간이 지난 것처럼 보였습니다. 불 길한 느낌이 서서히 경진의 마음을 채우기 시작했습니다.

'누나에게 무슨 일이 생겼나. 어머니를 찾으러 먼 길을 떠났나.'

그렇게 생각하다가 경진은 아버지와 형에게 인사드리기 위해 무덤으 로 갔습니다. 그런데 거기에는 무덤이 하나 더 있었습니다. 경진은 깜 짝 놀랐습니다.

"왜 무덤이 또 하나 있을까? 이건 누구 무덤이지?"

경진은 자신의 궁금증을 풀어줄 사람도 없고, 자신을 기다리고 있을 것이라고 생각했던 누나도 없어 가슴이 답답했습니다. 가슴이 답답해 오자 피로감이 갑자기 크게 몰려왔습니다. 우선 방을 청소하고 잠을 청하기로 했습니다. 방을 닦고 눕자마자 잠들었습니다. 고향으로 돌아온 첫날밤은 그렇게 지나갔습니다.

다음 날, 아침 일찍 눈을 뜬 경진은 물을 긷기 위해 낙선강으로 갔습니다. 집에는 마실 물도 없었습니다. 낙선강으로 걸어가고 있는데 한 남자가 다가와 말을 걸었습니다.

"실례입니다만, 이름이 혹시 경진 아닙니까?"

자신을 묻는 남자의 얼굴을 보자 경진은 그 사람이 누군지 바로 알아챘습니다. 8년이나 지나 예전과는 달라진 얼굴이었지만 알아보는 데는 아무런 어려움이 없었습니다.

"영배 형? 영배 형 맞지!"

8년 전 옆에 아무도 없게 된 경진에게 용기를 주고, 같이 근왕병에 참여했다가 생사를 알 수도 없게 된 영배였습니다!

"맞구나! 세상에, 이게 도대체 몇 년 만이냐. 살아 있었구나, 살아 있었어! 그동안 어디 있었던 거야?"

"형이야말로. 삼각산에서 포로로 잡히고 나서 형이 안 보이길래 걱정 많이 했었지."

"내가 살아남은 건 기적이었어. 오랑캐의 칼에 옆구리를 찔려 이대로 죽는구나 생각했지. 고통스러운 와중에도 놈들을 지켜보니 산 자들을 포로로 삼더라고. 그래서 나는 숨도 안 쉬고 죽은 척하고 있었는데, 정말 하늘이 도왔지. 그냥 그대로 가더라고. 그 추운 날씨에 피도 많이 흘렸는데 내가 살아있는 게 기적이 아니고 뭐겠어?"

"그랬구나! 나나 형처럼 목숨 질긴 사람도 없겠어, 하하."

경진은 영배를 다시 만난 것이 마치 가족을 만난 것처럼 반가웠습니다.

"어디서 어떻게 지냈니? 집에 온 건 언제고? 아니지. 우선 우리 집으로 가자!"

영배 역시 경진이 반가웠나 봅니다. 하고 싶은 말, 듣고 싶은 말이 많은지 경진을 자신의 집으로 데리고 갔습니다. 영배의 집은 경진이 사는 집과는 달리 사람 사는 냄새가 물씬 풍겼습니다. 그사이에 혼인을 하고 자식도 둘이 있었습니다. 영배가 가족들과 경진을 서로 소개해주었습니다.

"부인, 이 사람이 바로 그날 마을에서 나와 함께 살아남아 전쟁에도 참여했던 사람이네."

영배가 행복하게 살고 있는 모습을 보니 경진의 기분도 금세 좋아졌습니다. 우선 식사를 대접한 다음 경진의 이야기를 들었습니다. 경진은 지난 8년간의 세월을 자세히 이야기해 주었습니다.

포로가 되어 청나라에 끌려가던 때의 암울함. 노예 시장에서 누나를 우연히 만났을 때의 기쁨. 꿈에도 생각지 못했던 세자와의 만남. 세자 밑에서 공부하며 보낸 세월. 세자빈이 제안한 농사의 성공으로 귀국하게 된 누나. 다시 맞은 아픈 이별. 북경에서 만난 아담 샬. 거기에서 보게 된 새로운 세계와 희망.

그 긴 세월이 경진의 머리에서 나와 영배의 귀로 흘러들어갔습니다. 영배에게는 놀라움의 연속이었습니다. 특히 세자와 함께 지냈다는 말은 듣고도 믿기 어려웠습니다.

"와, 너 대단하구나! 우리 같은 사람들은 평생 한 번 보기도 어려울 텐데 몇 년을 함께 지냈다니!"

"그 점만큼은 내게 행운임이 분명해. 세자 저하 덕분에 청나라에서 공부를 열심히 할 수 있었지. 꼭 과거에 합격해서 세자 저하를 도울 생각이야."

"그래, 너라면 그렇게 할 수 있겠지. 전쟁 나기 전에도 우리 마을에서도 글공부하면 너였으니까 말이야."

"그런데 우리 누나 오지 않았어? 2, 3년 전에 왔을 텐데…… 왜 안 보이지?"

경진은 이제 이야기의 주제를 자신에서 누나로 돌렸습니다. 지금까지 영배가 호기심의 눈으로 경진을 쳐다보았지만 이제는 경진이 호기심의 눈으로 영배를 쳐다보았습니다. 영배는 그 눈에서 가족을 찾는 절실함을 보았습니다.

"그리고 무덤이 하나 더 생겼던데 누구 무덤인지 알아?"

"아, 그것이……."

영배는 부담스럽다는 듯 지금껏 경진을 향해 있던 고개를 살짝 돌렸습니다. 영배가 뭔가 알고 있는 것이 분명했습니다.

"형, 누나에게 무슨 일이 있어? 말해 봐!"

경진의 다그침에 영배는 다시 고개를 들러 경진을 쳐다보았습니다. 얼굴엔 어느새 웃음기가 사라져 있었습니다. 그런 영배를 보고 있자니 경진은 뭔가 불길한 얘기가 나올 테니 마음의 준비를 해야겠구나는 생각이 절로 들었습니다.

"그래. 누나는 돌아왔었지. 내가 다 이야기해줄게."

경선이 오재 마을로 돌아온 것은 지금으로부터 2년하고 몇 개월 전의 가을이었습니다. 경수와 아버지가 죽던 그날, 대부분의 사람이 죽었고 전쟁이 끝난 지 몇 년이 지났었기에 마을에는 경선이 아는 사람이 거의 없었습니다. 가족도 없이 혼자였던 경선은 얼마간은 세자빈이 준 돈으로 버틸 수 있었지만 곧 품팔이[1] 등으로 생계를 이어야 했습니다. 경선은 어머니와 새언니의 소식을 알 수 있을까 여기저기 알아보기도 했지만 소득은 없었습니다. 그런데 경선이 청나라에 포로로 끌려갔다가 돌아왔다는 것이 사람들에게 널리 알려지면서, 경선을 바라보는 사람들의 시선이 달라졌습니다. 경선은 이제 혼자서 열심히 사는 여인이 아니라 청나라에 포로로 끌려가 정절을 잃어버리고 온 몹쓸 여자가 돼 버리고 말았습니다. 사람들은 경선을 보며 수군거리다가 이내 손가락질을 시작했습니다. 어떤 사람들은 입에 담기조차 어려운 욕을 하며 돌을 던지기도 했습니다. 보기에 안타까워 영배가 아무 잘못 없는 경

---

1 남의 일을 도와주고 돈을 받는 일.

선을 감쌌다가 마을의 남자들에게 집단으로 맞기도 했습니다. 그 일이 있고 나서는 경선에게 일을 주는 사람도 없어, 생계가 어려워졌습니다. 이미 소문은 퍼질 대로 퍼져, 경선은 갈 곳도 없었습니다. 경선은 눈물로 하루하루를 지냈습니다. 그러던 어느 날, 낙선강의 한 나무에 목을 맨 경선이 발견됐습니다. 그 시신을 거두어 아버지와 오빠 옆에 묻어준 게 영배였습니다.

도저히 믿기 어려운 이야기를 다 듣고 난 경진은 어떤 말도 나오지 않았고 아무런 생각도 떠오르지 않았습니다. 몇 초간을 그저 멍하니 가만히 있다가 별안간 주먹으로 가슴을 쿵쿵 치더니 끔찍한 비명이 목구멍을 뛰쳐나왔습니다. 그 소리는 벽이라도 무너뜨릴 기세였습니다.

"으아아악! 으아아악!"

비명은 곧 울음소리로 바뀌었습니다.

"으흐흐흑. 흐흐흑."

경진의 얼굴은 이내 눈물, 콧물, 침으로 뒤범벅됐습니다. 그 모습을 차마 볼 수 없어 영배는 눈을 질끈 감았습니다.

"형, 난 이 마을을 떠나려고 해. 누나를 그렇게 비참하게 죽게 만든 사람들과 도저히 한 곳에서 살 수가 없어. 여기에 있다간 내가 무슨 짓을 저지를지 나도 모를 것 같아. 가족들의 무덤을 좀 부탁하자. 일 년에 한 번 이상은 들를게."

경진은 며칠 만에 오재 마을을 떠나기로 마음먹었습니다. 경진의 표정을 보고 영배는 말려봤자 소용없을 거라는 걸 단번에 알아차렸습니다.

"어디로 갈 거냐?"

"나도 몰라. 그저 발길 닿는 대로."

영배는 경선을 지켜주지 못한 미안함도 있던 터라 얼마간의 노잣돈을 쥐어주었습니다. 경진은 절대 뒤돌아보는 법이 없이 마을을 등진 채로 묵묵히 걸었습니다. 붙잡을 수 없음을 아는 영배는 경진의 뒷모습을 보며 말 없는 배웅을 하였습니다. 찬바람만이 경진에게 할 말이 있다는 듯 경진의 주위에서 윙윙거릴 뿐이었습니다.

경진은 그렇게 고향을 떠났습니다.

1645년 2월 18일 세자 일행이 궁으로 들어왔습니다. 8년 만의 완전한 귀국이었습니다. 한양 거리에는 세자 일행을 환영하는 백성들로 가득 찼습니다. 궁에 들어서자 신하들이 너 나할 것 없이 세자의 귀국을 축하해 주었습니다. 그런데 유일하게 얼굴에 웃음을 띠지 않는 이가 있었으니 그것은 다름 아닌 임금이었습니다.

세자와 세자빈이 임금에게 큰 절을 올렸습니다.

"아바마마, 그간 옥체 무사하셨사옵니까."

"끄응. 왔느냐. 청나라에서는 지낼 만하였느냐?"

"네, 전하. 전하의 가르침에 따라 잘 처신하여 무사히 지낼 수 있었사옵니다."

"난 청나라 오랑캐들과 친하게 지내라고 가르친 적이 없는데?"

"네?"

날카로움이 배어 있는 아버지의 말에 세자는 당황스러운 표정으로 고개를 들어 아버지를 쳐다보았습니다.

"아니다, 됐다. 피곤할 텐데 가 보거라. 내가 요즘 기운이 없구나. 쉬고 싶다."

"알겠습니다."

세자는 찜찜한 기분으로 편전[1]을 나와야 했습니다.

"전하께서는 저희가 별로 반갑지 않으신가 봅니다. 솔직히 조금 서운하옵니다."

세자빈이 울적한 목소리로 말했습니다.

"옥체가 불편하시다고 하시지 않았습니까. 그래서 그러신가 봅니다. 내일 다시 인사드립시다."

세자도 사실은 기분이 썩 유쾌하지는 않았지만 세자빈을 달래기 위해 짐짓 아무렇지도 않은 척하며 말했습니다.

하지만 이내 이들의 우울한 기분을 단번에 날려준 이가 있었으니 바로 원손 석철이었습니다. 강화도에서 죽을 고비를 넘겼던 석철은 어느덧 아홉 살이 돼 있었습니다.

"어마마마, 아바마마!"

"아이고, 우리 원손. 그동안 이 어미가 얼마나 보고 싶었니? 무사히

---

1 임금이 평상시에 거처하는 궁전.

잘 자라주어서 고맙구나. 우리 다시는 헤어지지 말자. 석린아, 네 형이란다."

세자빈은 심양에서 낳은 둘째 아들 석린을 원손에게 소개했습니다. 부모가 다른 나라에서 포로 생활을 하는 바람에 몇 번 보지도 못한 두 형제의 상봉이었습니다. 원손은 동생의 두 손을 잡고 배시시 웃었습니다. 다섯 살 난 석린도 형이라는 말에 경계심을 풀고 활짝 웃었습니다. 아들들이 낯가림 없이 친근하게 서로를 대하는 모습을 보자 세자의 마음은 기쁨으로 가득했습니다.

그날 이후에도 세자는 계속 임금을 찾았지만 세자를 대하는 임금의 태도는 첫날과 별반 다르지가 않았습니다. 아버지의 태도가 달라지지 않으니 세자는 어리둥절했습니다.

그러던 어느 날, 임금이 세자가 머무르고 있는 세자궁을 찾았습니다. 임금이 손수 세자궁까지 오자 세자는 반가웠지만 아버지의 얼굴에는 여전히 웃음기가 없었습니다. 그런 모습을 보고 있자니 임금께서 무슨 말을 하실까 하고 마음이 불안해졌습니다.

임금은 세자의 방을 쭉 둘러봤습니다. 생전 처음 보는 물건들이 많이 있었습니다. 아담 샬이 준 과학 기구들이었습니다.

"이것들이 다 무엇이냐? 내게 가져와 보거라."

임금이 과학 기구들에 관심을 보이고 스스로 물으니 세자는 기뻤습니다. 드디어 서양의 선진 문물들을 임금에게 소개할 수 있는 기회가 온 것이었습니다.

"북경에 머물면서 접하게 된 서양의 과학 기구들이옵니다. 그것은 별들의 움직임을 관측하는……."

세자가 기쁜 마음으로 설명해 주려 했으나 임금은 이내 세자의 말을 끊었습니다.

"별들의 움직임은 알아서 무엇에 쓴다는 것이냐? 그런 것보다 중요한 게 얼마나 많은 줄 모른단 말이냐? 그리고 그런 괴기한 물건들을 네게 준 사람이 누구냐?"

"별들의 움직임을 관측하면 계절과 시간을 정확하게 측정할 수 있사옵니다. 더 나아가 날씨 현상까지 예측할 수 있기 때문에 농사를 짓는 데에도 큰 도움이 될 것이옵니다. 이 기구들은 아담 샬이라는 천주교 신부로부터 받아왔사옵니다."

"이런 망측한 소리가 다 있나! 농사가 잘되고 못 되고는 우리가 종묘사직을 얼마나 잘 모시고 성리학의 가르침을 얼마나 잘 실행하느냐에 달려있지, 이따위 쇳덩이로 뭘 할 수 있다는 것이냐!"

서양 문물을 받아들여 나라를 발전시키겠다는 원대한 계획을 가지고 있던 세자는, 자신의 기대와는 정반대인 임금의 반응이 무척 당황스러웠습니다. 당혹감이 온몸을 휘감았습니다.

"천주교 신부? 청나라 오랑캐들도 모자라 서양 오랑캐와도 교류한다더니 사실이었구나!"

"아바마마, 그들을 오랑캐라고 무시할 이유가 없사옵니다."

세자는 버럭 화를 내고 있는 임금에 맞서 용기를 내어 말했습니다.

"오랑캐가 아니라는 뜻이냐? 무슨 말인지 설명해 보거라."

"청나라 사람이든, 서양 사람이든 다 같이 우리와 똑같은 사람이옵니다. 그들로부터 배울 게 있으면 배워야 우리도 발전할 수 있습니다."

"뭘 배운단 말이냐?"

"아바마마, 조선 바깥의 나라들은 지금 서로 교류하며 새롭게 변화하고 있사옵니다. 청나라는 명나라를 멸망시키는 데 만족하지 않고 아담 샬 같은 서양인들을 맞아 그들의 뛰어난 과학과 기술을 배우고 있습니다. 그런 개방적인 자세가 청나라가 강대국이 될 수 있었던 원동력이옵니다. 우리도 그들처럼 문호를 개방하고 발달된 문물을 받아들여야 하옵니다."

"뭣이라? 오랑캐를 쳐부수지는 못할망정 배워야 한다고?"

"그렇사옵니다. 더 이상 성리학에만 갇혀 있을 게 아니라 과학, 기술, 수학, 천문 같은 학문을 우리도 연구해야 하옵니다."

"네가 오랑캐들과 10년 가까이 지내더니 그 정신마저 오랑캐가 되었구나! 아아, 이놈아. 너는 이 아비가 홍타이지에게 세 번 절하는 치욕을 금세 잊어버렸느냐?"

"소자가 어찌 감히 그 일을 잊을 수 있겠습니까. 다만 과거에만 얽매이고 있어서는 앞으로 나아갈 수가 없기에 드리는 말씀이옵니다."

"이놈이 나를 가르치려고 들어? 저건 또 뭐냐?"

그때 예수 상이 임금에 눈에 들어왔습니다.

"예수 상이옵니다."

"예수? 예수가 누구냐?"

"이 세상과 인류를 창조하신 하느님 아버지의 외아들이옵니다. 죽음으로 인류의 죄를 씻겨준 분이십니다."

"그럼 그들은 어디에 있느냐?"

"그분들은 형상이 있기도 하고 없기도 하신 분들이며, 저세상에 계시면서도 이 세상 어느 곳에나 계시옵니다."

서양 귀신에 완전히 빠져 버린 세자의 모습을 직접 보고도 임금은 믿고 싶지 않았습니다. 청나라에서 들려오던 소식이 사실이 아니길 바랐지만 그것은 자신의 헛된 희망일 뿐이었습니다.

"우리 조선을 위해 싸우다 죽어간 수많은 사람들과 이 아비의 치욕을 네가 잊지 않았다면, 어찌 이럴 수가 있단 말이냐."

"아바마마, 그런 것이 아니옵니다."

"시끄럽다! 왜 호[1]는 놔두고 너만 왔느냐! 청나라 오랑캐들과 짜고, 이 아비를 몰아내고 왕위에 앉을 셈이냐?"

"아바마마, 어찌 그런 말씀을 하실 수 있사옵니까! 소자가 어찌 감히! 상상도 할 수 없는 일이옵니다."

임금의 반응은 이제 당혹감을 넘어 절망감을 세자에게 안겨 주었습니다. 머리가 텅 비는 듯 아찔함이 바짝 다가왔습니다. 동시에, 자신의 꿈에 대한 자신감이 비틀거리기 시작했습니다.

침전[2]으로 돌아온 임금은 아직도 분이 풀리지 않았습니다.

---

1 봉림대군의 이름이 이호(李淏)이다.

2 임금이 자는 방.

'세자가 저 모양이 됐으니 이 나라는 어쩐단 말인가. 저놈은 이대로 왕이 된다면 나라를 오랑캐에게 갖다 바칠지도 모르는 놈이다. 특단의 조치가 필요하겠구나.'

이날 밤 임금은 커다란 결심을 했습니다.

겨울이 가고 따뜻한 봄인 4월이 됐습니다. 그사이에 세자빈은 무사히 배 속의 아이를 출산했습니다. 아들이었습니다. 이름은 석견이라고 지었습니다. 셋째 아들이 건강하게 태어난 것은 기쁜 일이었지만 세자와 임금의 거리감은 좀처럼 줄어들지 않았습니다.

그로 인해 마음고생이 심했는지 세자는 이때 즈음 슬슬 앓기 시작했습니다. 몸은 추워 벌벌 떨리고 머리에서는 열이 났습니다. 처음에 세자는 감기이겠거니 하고 대수롭지 않게 생각했습니다. 또한, 다음 날이면 증상이 사라져 다시 건강해졌기에 더욱 별것 아니게 생각했습니다. 그런데 하루 이틀 지나면 똑같은 증상이 또 나타났고, 다시 쉬면 몸이 회복되었습니다. 몇 주간 이런 식으로 아팠다 나았다가 반복됐습니다.

"저하. 단순히 감기가 아닌 것 같사옵니다. 불안한 마음을 감추기가 어렵습니다."

탕약을 가져오며 빈궁이 걱정스러운 목소리로 말했습니다.

"감기가 좀 오래가는 것뿐 아니겠소? 머나먼 이국에서도 8년 넘게 지낸 건강한 몸이니 걱정 마시오. 그보다도, 아바마마의 생각이 나와 너무 다르니 그게 걱정입니다."

세자는 자신의 몸보다도 오히려 임금과의 갈등이 더 걱정됐습니다.

그러던 어느 날, 세자는 자리에서 일어나기 어려울 정도로 심하게 아팠습니다. 머리는 이제 열만 날 뿐만 아니라 심하게 어지럽기까지 했습니다. 이쯤 되자 세자도 뭔가 잘못됐다는 생각이 들었습니다.

"어의를 총동원하여 세자를 치료하여라."

임금이 명령을 내렸습니다.

어의들이 세자를 살피고 맥박을 재더니 학질¹에 걸렸다고 결론 내렸습니다. 그중 이형익이라는 어의가 우선 열을 내리는 게 중요하다며 침을 놓겠다고 했습니다. 임금은 그렇게 하라며 고개를 끄덕였습니다.

세자는 그다음 날 이형익에게 침을 맞았습니다. 이날 생전에 몇 번 보기 어려운 유성이 떨어졌습니다.

유성이 떨어지고 나서 이틀 뒤, 세자는 급하게 빈궁과 자식들을 세자궁으로 불렀습니다. 며칠 만에 세자의 얼굴은 완전히 다른 사람이 돼 있었습니다.

"저하, 이게 도대체 어찌 된 것입니까. 침을 맞고도 차도가 전혀 없어 보입니다."

세자빈의 목소리는 심하게 떨리고 있었습니다.

"나는 이제 틀린 것 같소. 내 몸은 내가 잘 압니다. 원손, 석철아. 이리 오너라. 어머니와 동생들을 잘 돌보아 주거라. 아비는 먼저 가야 할

_____

1 말라리아.

것 같구나. 미안하다. 내가 가면 네가 내 뒤를 이어 세손[1]이 될 것이니라. 아비의 뜻을 잘 받들어 우리 조선을 이끌기 바란다. 빈궁, 북경에서 새로 가꾼 우리의 꿈을 원손에게 잘 물려주세요."

숨을 가늘게 내쉬면서도 세자는 있는 힘을 다 모아 마지막 말을 남겼습니다.

"저하!"

"아바마마! 아바마마!"

1645년 4월 26일, 서른 네 살의 세자는 다시는 돌아오지 못할 길을 떠났습니다.

아버지, 형, 누나에게 성묘를 한 다음 경진은 또 한 번의 커다란 슬픔을 가슴에 꼭꼭 묻어둔 채 걷고 또 걸었습니다. 뒤는 절대 돌아보지 않았습니다.

'누나는 어떻게 날 두고 혼자 가버릴 생각을 했을까. 누나가 어떻게……. 아냐, 그만큼 절망스러웠겠지. 동생이 곧 찾아올 거라는 희망도 힘이 되지 못할 정도로 힘들었던 거야.'

이런 생각이 들자 꼭 눌려져 있던 슬픔이 화산 폭발하듯 갑자기 터져 나오려고 했습니다.

'어떻게 같은 민족끼리, 청나라에 살다 왔다는 이유만으로 그렇게 멸시할 수 있단 말인가. 전쟁에서 패해 힘없는 백성이 고난을 겪고 온 게 죄라는 것일까. 우리나라 여인들을 우리가 보호해 주지 못해 다른 나

---

1 다음 왕으로 공식 책봉된 왕의 손자.

라에 끌려갔다 왔는데, 이제라도 위로해 주고 보호해 주지는 못할망정 돌을 던지다니⋯⋯. 여인의 정절? 그게 대체 뭐란 말인가. 참으로 못난 사람들이다.'

이번에는 분노가 들끓기 시작했습니다. 이런 자신의 마음을 어루만져 줄 사람은 자신밖에 없었습니다. 경진은 계속 걸었습니다. 가만히 있으면 슬픔과 분노가 자꾸 고개를 내밀었기 때문입니다. 그러다 한 마을에 이르렀고 그곳에 정착하기로 마음먹었습니다.

이날 생전에 몇 번 보기 어려운 유성이 떨어졌습니다. 예부터 유성이 떨어지는 건 안 좋은 징조라고 했는데 과연 누나를 잃고 나니 유성이 떨어졌나 봅니다. 경진은 문득 세자가 생각났습니다. 노예가 될 뻔한 자신을 편하게 공부할 수 있게 해준 세자. 고마운 세자와 함께 본 새로운 세계. 같이 그 새로운 세계를 함께 만들어 가자고 한 약속.

'저하께서는 잘 계시겠지. 과거에 꼭 붙어서 저하와의 약속을 지키겠나이다.'

경진은 굳게 다짐했습니다.

세자가 갑자기 죽자 궁궐 안은 발칵 뒤집혔습니다. 세자빈과 자식들은 물론이고 평소 세자를 존경하던 많은 신하와 사람들이 슬픔에 휩싸여 울음을 그치지 못했습니다. 서른 네 살의 건강하던 청년이 갑자기 죽었으니 슬픔은 더욱 컸습니다. 그러나 임금은 별로 슬프지도 않은지 그저 세자의 장례를 빨리 치르라고 아랫사람들을 재촉할 뿐이었습니다.

세자빈은 남편의 죽음을 도저히 받아들일 수가 없었습니다. 머나먼 중국 대륙에서도 크게 아파 본 적이 없던 세자가 귀국한 지 두 달 만에 별 이유도 없이 시름시름 앓다가, 침을 맞더니 죽어버리다니요. 뭔가 이상하다는 생각을 지울 수가 없었습니다. 자신들을 쌀쌀맞게 대하던 임금의 태도를 생각하면 더욱 그랬습니다. 특히 세자가 서양 문물과 천주교를 임금에게 소개하자 임금이 자신에게 했다고 전해준 말을 다시 떠올려보니 오싹하기까지 했습니다.

'청나라 오랑캐들과 짜고, 이 아비를 몰아내고 왕위에 앉을 셈이냐?'

아바마마가 자신에게 이렇게 말했다며 억울해하고 슬퍼하던 세자를 생각하니 다시금 눈물이 흘러내렸습니다. 차라리 세자가 잘못 들었기를 바랐습니다.

'전하, 정녕 당신의 아들이 당신을 끌어내고 왕이 되길 바랐다고 생각하시는 건가요?'

세자빈의 눈물은 그칠 줄을 몰랐습니다.

세자의 죽음을 수상하게 생각한 것은 세자빈뿐만이 아니었습니다. 여러 신하들이 임금에게 몰려가 호소했습니다.

"전하, 세자 저하의 홍서[1]에는 의아한 점투성이입니다."

"뭐가 의아하다는 거요?"

"학질은 전염병인데 세자 저하 말고는 학질 걸린 사람이 아무도 없다는 점입니다. 더 중요한 것은 저하께서 홍서할 정도로 편찮으신 것은

---

1 왕족의 죽음을 높여 이르는 말.

아니었는데 이형익의 침을 말고 훙서하셨다는 것이옵니다. 어의 이형익을 당장 데리고 와서 조사해야 하옵니다!"

"이형익을 조사해야 마땅한 줄로 아옵니다! 윤허[1]하여 주시옵소서!"

"윤허하여 주시옵소서!"

다들 한목소리로 세자에게 침을 놓은 이형익을 수사해야 한다고 주장했습니다.

"사람 목숨이라는 게 기묘해서 갑자기 죽기도 하고, 죽을 위기에 있다가 살아나기도 하는 거 아니오? 경들이 어의보다 더 잘 안다는 것이오? 그리고 최선을 다한 어의를, 사람을 살리지 못했다는 이유로 벌을 주면 어의들이 앞으로는 두려워서 치료에 전념하지 못할 것이오. 그러니 이형익을 굳이 조사할 필요가 없소."

자식이 죽었으니 의심스러운 부분은 누구보다 먼저 나서서 알아봐야 할 임금이 오히려 이형익을 두둔하니 신하들은 의아해서 더 이상 말을 하지 못했습니다. 서로 눈치만 보다가 그냥 물러가고 말았습니다.

첫째 아들이 죽으면 부모도 상복[2]을 3년 입는 게 조선의 예법이었습니다. 그러나 임금의 마음을 읽은 영의정 김류는 1년만 입는 게 어떻겠냐고 넌지시 제안했습니다. 그러자 임금은 전혀 망설임 없이, 마치 기다리고 있었다는 듯이 대답하고 거기서 한걸음 더 나아갔습니다.

"음, 그렇게 합시다. 그런데 궁궐의 분위기가 마냥 우울하기만 해서야 되겠소. 하루를 한 달로 계산해서 12일 동안만 입겠소."

---

1 임금이 신하의 청을 허락함.

2 사람이 죽었을 때 가족이 입는 옷.

전에 없던 일이라 모두 황당해했지만 잘못됐다고 말하는 사람은 아무도 없었습니다. 그러나 임금은 그마저도 안 지키고 상복을 7일 만에 벗어버렸습니다.

세자가 죽었다는 소식은 금방 조선 전역으로 퍼졌습니다. 조선관에서 세자와 함께 했던 사람들에겐 큰 충격이었습니다. 경진 역시 소식을 들었습니다. 누나를 잃고 나서는 더 이상 흘릴 눈물도 없을 것 같았는데 세자가 죽었다는 소식을 들으니 또 눈물이 나왔습니다. 경진에게 세자의 죽음은 가족의 죽음만큼이나 크게 다가왔습니다.

'내가 사랑하고 의지할 수 있는 사람들은 왜 다들 이렇게 떠나는 걸까. 내 운명이 참으로 가혹하구나. 가족을 다 잃은 지금, 내게 등불이 되고 희망을 주시는 분은 세자 저하뿐이었는데 저하마저 이렇게 가시다니……. 난 이제 어떻게 해야 하나.'

과거에 합격한 다음, 같이 나라를 발전시키자는 꿈은 물거품이 되고 말았습니다. 한 방향을 꾸준히 가리키던 삶의 나침반이 태풍을 만난 것처럼 심하게 흔들렸습니다.

5월 14일에 봉림대군 역시 조선으로 돌아왔습니다. 귀국하자마자 그를 맞은 것은 형이 죽었다는 소식이었습니다. 건강했던 형이 귀국한 지 두 달 만에 갑자기 죽었다니 봉림대군 역시 놀라지 않을 수 없었습니다. 그래서 영구 귀국했다는 기쁨은 풀잎의 이슬처럼 금방 사라졌습니다. 그런데 이상하게 아버지인 임금은 그다지 슬퍼 보이지가 않았습니다.

"청나라에서 8년이라는 긴 시간을 보내면서 무슨 생각을 제일 많이 했느냐?"

임금이 물었습니다.

"나라의 힘을 키워 아바마마와 조선의 복수를 해야겠다는 생각을 조금도 잊어본 적이 없사옵니다."

봉림대군이 대답하자 임금의 얼굴에 미소가 절로 지어졌습니다. 봉림대군은 형이 왜 죽었는지 알 것 같았습니다.

봉림대군이 귀국한 지 이틀 뒤, 세자에겐 소현(昭顯)이라는 시호[1]가 내려졌습니다.

세자가 죽었으니 임금의 후계자를 누구로 정할지가 매우 중요한 문제가 되었습니다.

"지금의 원손 마마가 학문이 깊고 인품이 훌륭하여 후계자로 부족함이 없사옵니다. 원손 마마를 세손으로 삼으시옵소서."

"세자께서 훙서하셨으니 원손 마마가 그 뒤를 이으시는 게 마땅하옵니다."

신하들은 하나같이 원손을 후사로 삼으라고 왕을 재촉했습니다. 세자가 죽으면 세자의 아들을 후사로 삼는 것이 조선의 법도였으니 신하들의 요구는 당연한 것이었습니다. 그러나 임금의 생각은 달랐습니다.

---

1 왕 등이 죽었을 때 업적과 덕을 기리며 붙인 이름.

"과인이 요즘 건강이 좋지 않은데 원손은 아직도 저렇게 어리니 걱정이 많소. 대신 봉림대군이 나이도 적당하고 성격이 온화하면서도 강직하니, 봉림대군을 세자로 삼을까 하오."

신하들은 반대했습니다.

"아니 되옵니다. 아무런 잘못도 흠도 없는 원손 마마를 놔두고 무슨 이유로 봉림대군을 세자로 삼으신단 말이옵니까."

"조선의 모든 백성이 기이하게 여길 것이옵니다. 다시 생각해 주소서."

신하들이 자신의 뜻을 따라주지 않자 임금은 짜증이 났습니다.

"나이가 너무 어린 채로 왕위에 올랐다가 나라가 어지러워진 적이 예전에도 여러 번 있지 않았소. 그런 불행을 피하기 위함이오."

"전하께서 곧 돌아가실 것도 아닌데 그게 무슨 말씀이시옵니까."

"또 아직 원손이 총명하다고는 하나, 나이 먹으면서 사람이 어떻게 변할지 아무도 모르는 것 아니오. 봉림대군을 세자로 책봉하겠소."

임금은 끝까지 자신의 뜻을 굽히지 않았습니다. 신하들이 반대해도 소용없었습니다.

"원손 마마를 두고 제가 어찌 감히 세자가 된단 말입니까."

봉림대군이 몇 번 거절하였지만 결국 그해 9월 임금은 끝내 봉림대군을 세자로 책봉했습니다. 소현세자가 죽고 나서 원손만 바라보고 살던 세자빈은 또다시 절망해야 했습니다.

소현세자는 죽고, 원손마저 후계자로 지목 받지 못한 상황이 되자 세자빈은 이제 외로운 처지가 되었습니다. 이제 봉림대군이 세자가 되었으니 그는 더 이상 세자빈이 아니었습니다. 대신 강빈이라고 불렸습니다. 그의 성이 강 씨였기 때문입니다.

봉림대군을 세자로 책봉했으나 임금은 아직 불안감이 다 가시지 않았습니다.

'강빈이 지아비를 잃은 것에 원한을 품고 청나라와 은밀하게 손을 잡지는 않을까 걱정이구나. 또한 석철이 아직은 어리지만 나중에 커서 자신이 왕이 됐어야 한다면서 반란이라도 일으키면 어떻게 한단 말인가.'

이제 임금에게 강빈과 소현세자의 아들들은, 새로 세자가 된 봉림대군이 다음 왕이 되는 데에 방해가 되는 걸림돌일 뿐이었습니다.

벼를 추수하고 예쁘게 단풍을 물들이던 가을도 이제 힘을 잃고 슬슬 겨울에게 자리를 내주던 어느 날 밤이었습니다. 분주하던 궁궐의 하루가 보름달 속으로 빨려 들어가며 다들 잠자리에 들 준비를 하고 있었습니다.

"세자 저하께서 돌아가시고 나서는 마마께서 웃으시는 걸 한 번도 못 본 것 같아."

"나도 마찬가지야. 건강하시던 저하는 갑자기 돌아가시고, 원손 마마는 이유도 없이 세손이 되지 못하셨으니 그 마음을 다른 사람이 어찌 알겠어."

설희와 오월이라는 이름의 두 시녀가 강빈의 처지를 슬퍼하며 이부자리를 펴고 있었습니다. 이들은 강빈의 시중을 들러 청나라도 함께 갔었던, 강빈의 시녀들이었습니다. 따르던 주인의 처지가 몇 달 만에 나락으로 빠졌으니 그들 역시도 마음이 안타깝지 않을 수 없었습니다.

몸을 눕히고 하루의 피곤함을 달콤하게 달래려는 순간, 바깥에서 시끄러운 소리가 들리며 밝아지기 시작했습니다. 대여섯 명의 사람이 횃불을 들고 처소 가까이 오는 게 보였습니다.

"무슨 일이지?"

그런데 횃불과 발자국 소리는 자신들의 방으로 점점 가까워지는 게 아니겠습니까? 둘은 불안한 마음으로 서로의 얼굴만 쳐다보고 있었습니다. 그러더니 이윽고 방문이 거칠게 열렸습니다. 부서지고도 남았을 것 같았습니다.

"아니, 이 밤중에 여인들만 있는 이곳에 이게 무슨 짓입니까!"

대장으로 보이는 남자가 아랑곳하지 않고 큰소리쳤습니다.

"닥쳐라! 주상 전하를 저주한 혐의로 너희를 체포하겠다! 이 방을 샅샅이 뒤져 증거물을 찾아라!"

대장의 말이 끝나자마자 부하들은 여기저기 함부로 뒤지기 시작했습니다. 이윽고, 장롱에서 사람의 형상을 한 인형과 붉은색으로 이상한 글귀가 쓰여 있는 부적을 발견했습니다.

"이런 못된 것들을 봤나! 당장 끌고 가라!"

"아니, 그게 무엇이옵니까? 우리는 모르는 물건입니다!"

설희와 오월이 소리쳤지만 병사들은 그들을 모질게 끌고 갔습니다.

한밤중이었지만 순식간에 국청[1]이 꾸려졌습니다. 병사들은 둘을 의자에 앉히자마자 팔과 발목을 묶어 움직이지 못하게 했습니다. 둘은 도대체 뭐가 어떻게 된 건지 알 수가 없었습니다.

곧 임금이 모습을 드러냈습니다.

"궁궐 내에서 내가 빨리 죽기를 바라며 인형을 가지고 저주하는 자들이 있다는 소문이 나돌아 은밀히 조사를 시켰더니 오늘에야 그 범인이 드러났구나!"

자신들이 임금을 저주했다는 것이었습니다.

"아닙니다, 전하! 저희는 모르는 일이옵니다!"

"이 인형과 부적이 너희 방에서 나왔는데도 발뺌할 셈이냐!"

"저희는 진정 모르옵니다!"

"누군가 저희를 모함하고 있사옵니다!"

설희와 오월은 억울함을 호소했지만 임금은 눈 하나 깜빡하지 않았습니다.

"여봐라, 바른 말이 나올 때까지 본때를 보여 주어라!"

임금의 말이 떨어지자마자 연약한 두 여인에게 무시무시한 고문이 가해졌습니다.

"아아악!"

아픔을 참지 못하고 설희와 오월은 비명을 질렀습니다.

"누가 너희에게 이런 짓을 시켰느냐! 사실대로 말하면 목숨은 살려

---

1 임금의 명령으로 큰 죄를 저지른 죄인을 심문, 재판하기 위해 임시로 설치한 재판장.

주마!"

그러나 설희와 오월은 정말로 자신들은 모르는 일이었으므로 누가 시켰냐는 물음에도 답할 수가 없었습니다.

"저희는 정말 모르옵니다!"

"누군가 저희가 없는 틈에 몰래 넣어둔 것이 분명하옵니다!"

임금은 자신이 원하는 대답이 나오지 않자 짜증 나기 시작했습니다.

"너희는 청나라에도 같이 다녀온 강빈의 시녀들이렷다! 강빈이 날 저 주하라고 시켰느냐? 어서 대답하여라!"

이 말을 들으니 임금이 최종적으로 노리는 사람이 누구인지 비로소 알 것 같았습니다.

'불쌍한 우리 마마……. 무엇이 잘못됐길래 두 분에게 이런 일이 생기나?'

둘은 온몸이 부서지고 찢어질 것처럼 고통스러웠지만 강빈을 보호하기 위해 임금이 원하는 대답은 끝까지 내놓지 않았습니다.

"솔직하게 말하면 살려준다고 하지 않았느냐! 누가 시켰는지 어서 털어놓아라!"

지금의 고통이 아무리 크다고 한들, 어린 시절부터 기쁨과 슬픔을, 즐거움과 괴로움을 함께한 주인을 곤경에 빠지게 하기에는 어림도 없었습니다. 보름달은 가득하고 찬바람은 가늘고 쉼 없이 불어오는 슬픈 밤에 궁궐의 두 여인이 그렇게 쓰러져 갔습니다.

설희와 오월의 입에서 끝내 강빈의 이름은 나오지 않았건만, 그들이 강빈의 시녀라는 이유로 임금은 다음 날 강빈에게 병사들을 붙여 일거수일투족을 감시하게 했습니다.

'설희야, 오월아. 얼마나 아팠니. 그냥 전하가 원하는 대답을 주지 그랬니. 나도 저하와 너희를 따라갈 날이 얼마 남지 않은 것 같구나.'

느닷없이 아들이 죽었는데 오히려 어의 이형익을 감싸던 임금.

그럴듯한 이유도 내세우지 못하고 원손 대신 봉림대군을 세자로 세운 임금.

그런 임금이 무엇을 원하고 있는지 강빈도 이제는 뚜렷이 알고 있었습니다.

해가 바뀌어 1월이 됐습니다. 어느 날 아침, 강빈은 아이들이 천진난만하게 놀고 있는 모습을 마당에서 지켜보고 있었습니다. 저만치에는 자신을 감시하는 병사들이 있었습니다. 설희와 오월이 죽고 나서는 강빈을 찾아오는 사람은 아무도 없었습니다. 임금의 서슬이 두려웠기 때문입니다.

아들들이 노는 모습을 흐뭇하게 보고 있을 때 한 무리의 병사들이 강빈을 찾아왔습니다.

'올 날이 왔구나.'

강빈은 지그시 눈을 감았다 떴습니다. 병사들을 보자 큰 아들 석철이 두려운 기색을 감추지 못하고 물었습니다.

"어마마마, 무슨 일이옵니까?"

강빈은 대답 대신 아이들을 한 명 한 명 안아주었습니다.

"석철아, 어미는 금방 올 테니까 동생들 잘 보살펴 주고 있으렴."

석철의 나이 열한 살이었지만 뭔가 이상하고 불길하다는 것을 눈치 챘습니다. 그러나 동생들이 있기에 의젓한 모습을 보이려 짐짓 씩씩하게 대답했습니다.

"네, 어마마마. 다녀오십시오."

강빈은 아무런 말도 하지 않고 순순히 병사들을 따라갔습니다. 강빈은 그날로 별당에 감금됐습니다.

한편 궁궐에서는 다시 한 번 국청이 설치됐습니다. 이번에는 임금의 식사를 책임지는 시녀들이 끌려왔습니다.

"저번에는 나를 저주하는 무리들이 있더니, 이번에는 아예 나를 죽이려 하였구나! 아침 수라상에 올라온 전복구이에서 독이 발견되었다! 너희가 아침 수라상을 차리지 않았느냐! 독을 넣으라고 시킨 자가 누구냐!"

임금은 당장에라도 때려죽일 것처럼 소리 높여 말했습니다.

"독이라니 있을 수 없는 일이옵니다! 맹세코 저희는 그런 짓을 하지 않았습니다!"

"너희가 아직 매운맛을 못 봐서 나를 우습게 아는구나. 여봐라!"

임금이 손짓하자 가혹한 고문이 시녀들에게 행해졌습니다.

"아아악!"

듣기만 해도 소름 끼치는 비명이 사방으로 퍼졌습니다.

"강빈이 시켰느냐!"

"그런 적 없사옵니다. 저희는 모르는 일이옵니다!"

"병사들이 마마를 항상 감시하고 있는데 무슨 수로 그런 명령을 내리겠습니까!"

이번에도 강빈이라는 이름은 시녀들의 입에서 나오지 않았습니다. 그리고 그들은 모진 고문 속에서 눈을 감아야 했습니다.

며칠 뒤, 임금은 비망기[1]를 내렸습니다.

"강빈이 청나라로 가고 나서부터 그 사람됨이 달라진 것은 모두가 아는 바이다. 청나라 오랑캐와 가까이하는 것은 물론이고, 재물 욕심에 눈이 어두워져 청나라 황족들에게 우리 물건을 넘기며 장사질을 하였다. 북경에 가서는 서양 귀신에 빠지고 말았다. 소현세자가 오랑캐에 물든 게 누구 때문인지 이제 확실해졌다. 귀국한 뒤 소현세자가 병으로 죽고 나서는 과인에게 원한을 품었는지 과인이 죽기를 바라는 저주까지 시녀들에게 시켰으며 이번에는 아예 독으로 과인을 죽이려고 하였다. 이런 죄인을 가만히 뒀다가는 장차 무슨 큰일이 생길지 모른다. 그리하여 과인은, 조정과 종묘사직의 안정을 위하여 강빈을 사형에 처하고자 한다."

강빈의 목숨이 벼랑 끝으로 몰리는 순간이었습니다. 하지만 강빈이 저주를 사주했다느니, 임금을 독으로 죽이려 했다느니 하는 것은 명확한 증거가 없었기에 다들 사형은 안 된다고 임금에게 간청하였습니다.

---

1 임금의 명령을 적은 문서.

"전하, 그 어떤 시녀들도 강빈의 이름을 대지 않았사옵니다!"

"차라리 폐위해서 궁궐 밖으로 쫓아낼지언정 사형은 아니 되옵니다!"

"명을 거두어 주옵소서!"

9년 전 남한산성에서 항복할지 계속 싸울지 서로 논쟁하던 신하들도 강빈에 대해서만큼은 다들 한목소리를 냈습니다. 하지만 임금은 자신의 뜻을 조금도 굽히지 않았습니다.

"다 나라를 위해서 하는 조치이니 경들은 과인의 마음을 헤아려 주길 바라오!"

겨울이 가고 따뜻한 봄이 왔습니다. 하지만 궁궐은 강빈의 문제로 아직도 쌀쌀하기만 했습니다. 3월이 되도록 신하들은 너 나 할 것 없이 강빈의 사형을 거두어 달라고 거듭 간청하였으나 임금의 주장은 바윗덩어리보다도 더 단단했습니다.

결국 1646년 3월 15일, 운명의 날이 왔습니다.

한 무리의 병사들이 강빈이 갇혀 있는 별당에 이르렀습니다.

"죄인은 나와 어명[1]을 받들라!"

강빈은 모든 걸 체념한 표정으로 순순히 시키는 대로 하였습니다. 신하들이 자신의 사형에 다들 반대한다는 소식에 일말의 희망을 가졌지만 그 끝이 어떻게 됐는지 드러나는 순간이었습니다. 이미 며칠 전에 남동생인 강문성과 강문명 역시 곤장을 맞다 죽었습니다.

강빈은 검은색의 가마를 타고 자신이 살던 집으로 향했습니다. 가마

---

1 임금의 명령.

의 색깔이 그의 운명을 말해주는 듯하였습니다. 길가에는 많은 사람들이 나와 강빈의 마지막 길을 슬픔으로 함께했습니다. 거기에는 과거를 준비하기 위해 한양으로 와 있던 경진도 끼어 있었습니다. 소현세자에 이어 강빈까지 아무 힘도 못 써보고 떠나보내야 하는 이 상황이 억울하게만 느껴졌습니다. 자신과 함께 꿈을 키워나가던 그들이 없다면 과거에 응하는 것 또한 의미가 없다고 경진은 생각했습니다.

'빈궁 마마마저 이렇게 가신단 말인가!'

백성들이 진심으로 강빈의 죽음을 안타까워하며 다들 한탄했습니다.

"마마, 빈궁 마마! 이 일을 억울해서 어떻게 하옵니까!"

"마마, 가시지 마옵소서! 흑흑!"

"마마가 왜 사약을 드셔야 한단 말입니까!"

강빈의 억울한 죽음에 슬퍼하지 않는 자가 없었습니다.

'아, 나의 백성들! 저하와 함께 그대들과 이 나라를 더 강하고 행복하게 이끌고자 했던 다짐은 이렇게 끝나고 말았습니다! 우리를 잊지 말아주세요! 부디 행복하길!'

백성들의 서글픈 한탄과 위로를 듣고 있자니 슬픔이 더욱 커졌습니다.

가마는 곧 강빈의 집에 도착했습니다. 강빈은 가마에서 내린 다음 사약을 받기 위해 무릎을 꿇었습니다. 소현세자와 자식들의 얼굴이 스쳐 지나갔습니다. 청나라에서 보았던 불쌍한 노예들, 농사가 성공되어 기쁜 얼굴로 조선으로 돌아가던 백성들, 아담 샬과의 만남, 자신을 끝까지 지켜주던 시녀들. 이 모든 것들이 꿈처럼 지나갔습니다.

"불쌍한 내 자식들, 부디 건강하게 잘 지내야 한다! 석철아! 석린아!"

강빈은 자식들의 이름을 부르다 말고 옆으로 쓰러지고 말았습니다. 강빈을 데리고 온 병사들 중에서도 몰래 눈물을 닦는 자가 한둘이 아니었습니다.

"죄인은 사약을 드시오!"

의금부도사[1]는 끝까지 자신의 의무를 다해야 한다는 듯 준엄하게 말했습니다. 강빈이 몸을 세우고 사발을 받았습니다. 사발이 강빈의 손에 쥐어지자 백성들의 울음소리가 더 커졌습니다.

"아이고, 마마!"

강빈은 고개를 숙여 사발 안에 든 사약을 쳐다보았습니다. 약 냄새가 코를 찔러 왔습니다. 강빈의 마음은 오히려 편안해졌습니다. 이제 아무런 생각도 들지 않고 아무런 소리도 들려오지 않았습니다.

"저하, 잘 계시지요. 그동안 많이 그리웠는데 이제 곧 뵐 수 있게 됐사옵니다."

강빈은 눈을 감고 사발에 입을 갖다 댔습니다.

두 달 뒤, 임금은 새로운 명령을 내렸습니다.

"어미가 크나큰 죄를 질러 사사[2]됐으니 그 자식들이 궁에 머무를 수 없다. 소현세자의 아들들을 제주도로 유배 보내고 딸들은 궁 밖으로

---

1 임금의 명령에 따라 죄인을 심문하는 관리.

2 사약을 먹고 죽음.

보내라."

이에 일 년 사이에 부모를 잃은 소현세자의 세 아들은 제주도로 머나먼 유배 길을 떠나야 했습니다. 이때 석철이 열두 살, 석린이 여덟 살, 석견이 네 살이었습니다.

아무것도 모른 채 우리 어디 가는 거냐고 천진난만하게 묻는 석견을 달래는 건 석철에겐 너무나 큰 짐이었습니다.

다음 해에, 석철과 석린이 병에 걸려 소현세자와 강빈 곁으로 갔습니다.

그 후

서당에서 젊은 훈장이 한창 아이들을 가르치고 있었습니다. 이 훈장은 수업료도 비싸게 요구하지 않고, 무엇보다 학식이 뛰어난 걸로 소문나 주변의 다른 마을에서도 수업을 받으러 오는 이들이 많았습니다.

오전에 어린아이들에게 한자를 가르치다가 오후 들어 제법 큰 아이들과 학문을 논하니, 훈장도 가르치는 재미가 더했습니다.

"우리 조선에서 으뜸으로 치는 학문이 무엇이더냐?"

"성리학이옵니다."

"그렇다. 성리학을 배워보니 어떠하느냐?"

"우주와 이 세상의 이치를 배우고, 인간의 본성과 바른 자세를 공부하니 우리가 나아가야 할 길, 또 국가가 나아가야 할 길이 보입니다."

"잘 대답하였다. 그러나 이 세상은 매우 드넓다. 지금 내가 성리학을 가르치고 있지만 성리학만이 우리가 공부할 학문이 아니다. 하나에만 집중하다 보면 놓치는 것들이 있기 마련이다. 나는 우리나라가 성리학에만 몰두하다가 세상의 흐름을 놓쳐서 큰 어려움에 처하는 것을 직접 보고 체험했다. 청나라에 포로로 끌려가기도 했다. 거기에서, 우리가 오랑캐라고 무시하던 민족이 어떻게 해서 강한 나라가 되었는지, 조선 바깥에서는 무슨 일이 일어나고 있는지를 직접 보고 왔다."

"그럼 우리가 성리학 말고 또 배워야 할 학문은 무엇입니까?"

"그것은 학문이라 할 수도 있고 우리의 자세라고 할 수도 있다. 나는 그것을 북학(北學)이라고 이름 지었다."

"북학요? 북쪽으로부터 배운다?"

"그렇다. 그 북쪽은 청나라를 의미하지. 더 나아가선 우리보다 뛰어난 기술과 문물을 가지고 있는 모든 나라까지 포함한다. 우리끼리 조선 안에서만 학문을 논하는 것은 이제 시대의 흐름에 맞지 않아."

"지금의 조정은 북벌을 계획한다고 합니다만?"

"언제까지 성리학의 명분에 갇혀서 청나라에 복수하고 명나라의 은혜를 갚는다는 말만 하고 있을 건지 나는 답답하기만 하다."

훈장이 조정과 임금을 비판하는 말을 하자 다들 침을 꼴깍 삼켰습니다.

"우리도 다른 나라의 문물을 받아들이고 힘을 길러 그들보다 더 강해질 때, 북벌은 저절로 이루어질 것이다. 북학이야말로 진정한 북벌이다."

제자들은 지금껏 들어보지 못한 신선한 훈장의 발언에 귀가 쫑긋 세워졌습니다. 공부하는 마음가짐이 달라지는 것 같았습니다.

"어때, 진정한 북벌을 위해 이 스승을 믿고 따라오겠느냐?"

"네!"

어느새 제자들의 목소리가 도전 정신과 용기로 가득해져 있었습니다.

"나는 북학의 안향¹이 될 것이다! 너희는 이 스승을 믿고 따라와 나와 함께 세상을 바꿔보자꾸나! 쉽지도 않고 시간도 많이 걸릴 것이다. 그러나 뜻이 있는 곳에 길이 있다고 했다."

경진이 제자들에게 말했습니다. 그것은 동시에 자신에게 하는 다짐이기도 했습니다. 제자들은 초롱초롱한 눈빛으로 대답했습니다.

따스한 봄바람이 경진의 콧잔등을 스쳐 지나갔습니다. 소현세자와 세자빈 강 씨의 숨결이 느껴졌습니다.

소현세자 부부는 억울하게 세상을 떠났지만 그들의 꿈은 한 시골 서당의 훈장에게 그대로 이어지고 있었습니다.

– 끝 –

---

1 고려 말기의 유학자. 성리학을 우리나라에 처음 소개했다.

▋등장인물 소개

이 작품에 나오는 인물들 중 다음은 실제 인물이고 주인공 경진을 비롯한 나머지는 모두 허구입니다.

임금 : 조선 16대 왕 인조. 15대 임금 광해군을 몰아내고 왕이 되었다. 병자호란에서 아무런 반성과 교훈도 이끌어내지 못하고 권력에만 급급했다. 청나라가 자신을 몰아내고 청나라와 우호적인 관계였던 소현세자를 왕위에 앉히지는 않을까 의심했다. 삼전도의 굴욕을 겪기까지는 소현세자를 극진히 사랑했으나, 권력 때문에 아들을 경계하였다. 소현세자가 갑작스럽게 많은 의문을 남기고 죽었지만 수사도 제대로 하지 않았으며 소현세자의 무덤을 한 번도 찾지 않았다.

소현세자 : 인조의 큰아들. 병자호란 직후 청나라에 인질로 끌려갔다. 8년간 머물면서 발달된 서양 문물을 접하였다. 그로 인해 당시 조선이 떠받들던 성리학만이 전부가 아니며, 조선도 개방을 해야 발전할

수 있다는 개혁적인 생각을 지니게 되었다. 그러나 이러한 생각은 아버지에게 전혀 환영받지 못했고 결국 귀국한 지 두 달 만에 의문의 죽음을 당하고 만다.

세자빈 강 씨 : 소현세자의 부인이다. 소현세자와 함께 청나라에 인질로 끌려갔다. 큰 수완을 발휘하며 조선의 포로들을 구해내는 데도 큰 역할을 하였다. 북경에서 아담 샬을 만나고 나서 소현세자와 함께 조선을 개혁하려는 꿈을 가졌으나, 소현세자가 죽는 바람에 이루지 못하였다. 인조는 세자빈이 자신을 죽이려 했다는 거짓 죄를 꾸미며 세자빈 강 씨에게 사약을 내렸다.

석철, 석린, 석견 : 소현세자와 세자빈 강 씨 사이의 세 아들이다. 부모가 억울하게 죽고 난 뒤, 인조는 봉림대군을 세자로 삼은 다음 이 셋을 제주도로 유배 보냈다. 세자가 죽으면 세자의 동생이 아닌, 세자의 아들을 후사로 삼는 게 조선의 종법이었기 때문이다. 석철, 석린은 제주도로 유배 간 지 일 년도 채 되지 않아 죽었고 이때 이들의 나이는 13, 9살이었다. 석견이 제주도로 유배 갈 당시는 4살이었으며 13살 때 죄가 풀려 한양으로 돌아올 수 있었다. 그러나 그도 22살이라는 젊은 나이에 죽었다. 석견은 아들이 둘 있었으니 소현세자의 대는 끊기지 않았다.

봉림대군 : 인조의 둘째 아들. 형 소현세자와 함께 청나라 인질로 끌려갔다. 봉림대군은 형과 다르게 청나라에 대한 복수를 다짐하며 세월을 보냈다. 형과 생각은 달랐지만 둘의 우애는 깊었다. 소현세자가 죽

고 나서 인조는 봉림대군을 세자로 책봉하여 봉림대군이 17대 왕에 오른다. 재위 기간 내내 청을 쳐 복수하겠다는 북벌을 추진했으나 사대부들의 철저한 비협조로 실행에 옮기지는 못하고 재위 10년 만에 죽었다. 묘호[1]는 효종이다.

봉림대군 부인: 성은 장 씨이다. 봉림대군과 함께 청나라에서 인질 생활을 하였다. 봉림대군이 왕이 됨으로써 왕비가 되었다. 시호는 인선왕후이다.

인평대군 : 인조의 셋째 아들.

강문성 : 세자빈 강 씨의 남동생. 강화도에서 원손 석철을 탈출시키는 데 큰 공헌을 했다. 세자빈 강 씨가 사약을 받을 즈음 곤장에 맞아 죽었다.

강문명 : 세자빈 강 씨의 남동생. 강문성과 함께 곤장에 맞아 죽었다.

임경업 : 병자호란이 일어났을 때 병마산성을 지키고 있었다. 조선이 항복하고 나서 청나라가 명나라를 공격할 때 청군에 동원됐으나, 은근히 명나라 편을 들었다. 청나라는 임경업을 체포하려 하였고, 임경업은 명나라로 도망갔다. 그러나 결국 체포돼 북경의 감옥에 갇히게 되었다.

김류 : 인조가 광해군을 몰아내고 왕이 되는 데 큰 역할을 하였다. 병자호란 당시 영의정이었다. 아들 김경징이 강화도 방어에 실패하여 영의정 자리에서 물러났으나, 1644년에 다시 영의정이 되었다.

이성남 : 병자호란이 막 시작되었을 때 궁의 말과 수레를 관리하는

---

1 왕이 죽은 다음 그 업적과 덕을 칭송하여 붙인 이름.

벼슬인 내승을 맡고 있었다.

이홍주 : 병자호란 당시 우의정이었다.

심기원 : 병자호란 때 유도대장으로 임명돼 서울 방어를 책임졌으나, 실패하고 근왕병들을 이끌었다. 1644년에 반역을 꾸몄다는 죄목으로 사형당했다. 그가 정말로 인조를 몰아내려고 했는지는 지금도 확실하지 않다.

최명길 : 병자호란 당시 이조 판서였으며 주화파의 대표적인 인물이었다.

김상헌 : 병자호란 당시 예조 판서였으며 척화파의 대표적인 인물이었다. 최명길이 작성한 항복문서를 찢기도 하였다.

김경징 : 김류의 아들이다. 강화도 방어를 책임질 검찰사에 임명됐으나 강화도가 섬인 점만 믿고 술이나 마시며 시간을 보냈다. 결국 청나라는 쉽게 강화도를 점령하였다. 이 죄목으로 김경징은 사형당했다.

김상용 : 1632년에 우의정에 발탁됐으나, 늙었다는 이유로 스스로 물러났다. 병자호란 때 원임 대신의 자격으로 신주를 모시고 강화도로 피신하였다. 강화도가 점령당하자 폭발하는 화약에 뛰어들어 자결하였다.

김정 : 세자빈과 봉림대군 등 왕족들이 강화도로 피신하자 임시로 강화 수령을 맡았다.

김진표 : 김경징의 아들이다. 강화도가 점령당하자 가족들에게 자결을 강요하였다.

김경징의 어머니, 부인, 며느리 : 김경징을 따라 강화도에 들어갔다. 그러나 청나라에 강화도가 점령당하자 김경징 부자의 강요로 자결하였다.

이형익 : 인조가 신임하던 어의이다. 학질 판정을 받은 소현세자의 열을 내리게 한다며 침을 놓았는데, 3일 만에 소현세자가 죽었다.

홍타이지 : 청나라의 두 번째 황제. 1636년 병자호란을 일으켜 조선을 항복시켰다.

마부대 : 청나라의 장수. 병자호란이 일어났을 때 선봉장에 서서 조선으로 쳐들어왔다.

용골대 : 청나라의 장수. 병자호란에 참전하였다. 소현세자가 청나라에 인질로 간 초기에는 그를 얕잡아 보았으나, 그의 인품에 매료돼 나중에는 호감을 가지고 정중하게 대했다. 소현세자가 죽고 나서 큰아들 석철을 데려가 키우고 싶다는 의견을 조선에 전달하기도 했다. 그가 소현세자를 어떻게 생각했는지 알 수 있는 대목이다.

도르곤 : 홍타이지의 동생. 강화도 점령에 앞장섰다. 홍타이지가 죽고 나서 복림이 황제가 되었을 때, 복림이 너무 어려 대신 정권을 돌보기도 했다.

복림 : 홍타이지의 아홉 번째 아들. 홍타이지가 죽고 청나라의 세 번째 황제가 되었다.

아담 샬 : 독일 출신의 천주교 신부로 중국에서 선교 활동을 하였다. 천문, 과학 실력도 뛰어났으며 소현세자에게 서양 문물을 소개하였다.

주유검 : 명나라의 마지막 황제. 명나라의 수도인 북경이 농민 반란 군에게 점령당하자 자결하였다.

조선의 아들

초판 1쇄   2015년 4월 15일

지은이   장재아
발행인   김재홍
디자인   박상아, 문선이, 이슬기
교정·교열   안리라
마케팅   이연실

발행처   도서출판 지식공감
등록번호   제396-2012-000018호
주소   경기도 고양시 일산동구 견달산로225번길 112
전화   02-3141-2700
팩스   02-322-3089
홈페이지   www.bookdaum.com

가격   12,000원
ISBN   979-11-5622-082-4 03810

CIP제어번호   CIP2015008450
이 도서의 국립중앙도서관 출판시 도서목록(CIP)은 e-CIP 홈페이지(http://www.nl.go.kr/ecip)에서 이용하
실 수 있습니다.